MAR 2 3 2017

W9-AUO-992

DESAPARECIDA

St. Helena Library
1492 Library Lane
St. Helena, CA 94574
(707) 963-5244

**Gift of
Friends & Foundation
St. Helena Public Library**

$14.95

MARIO ESCOBAR
DESAPARECIDA

amazonpublishing

Los hechos y/o personajes de este libro son ficticios. Cualquier parecido con la realidad es mera coincidencia.

Publicado por:
Amazon Publishing, Amazon Media EU Sàrl
5 rue Plaetis, L-2338, Luxembourg
Noviembre, 2016

Copyright © Edición original 2016 por Mario Escobar

Producción editorial: Wider Words
Diseño de cubierta por lookatcia.com
Imagen de cubierta © Andrey Yurlov/Shutterstock; © Justin Joyce (joocer)/Getty Images; © Bluegreen Pictures / Alamy Stock Photo

Todos los derechos están reservados.

Impreso por: Ver última página
Primera edición digital 2016

ISBN: 9781503940185

www.apub.com

ACERCA DEL AUTOR

Mario Escobar nació en Madrid, es licenciado en Historia y diplomado en Estudios Avanzados, en la especialidad de Historia Moderna. Es novelista, ensayista y conferenciante, director de la revista *Nueva historia para el debate* y colabora habitualmente con las publicaciones *Más allá* e *Historia National Geographic*. Presencia habitual en la lista de 100 libros más vendidos de Amazon, ha publicado obras de diversos géneros entre las que destacan novelas de suspense como *El círculo* (traducida al inglés, alemán e italiano) o *En el lugar más oscuro*, y las novelas de ficción histórica *Canción de cuna de Auschwitz* y *El país de las lágrimas*.

Ha sabido aunar su vocación académica, su pasión por la historia de las religiones y su oficio literario en ensayos de figuras tan relevantes como Martin Luther King o en libros como *Francisco, el primer papa latinoamericano* (traducido a doce idiomas).

Página web:
http://www.marioescobar.es/

Blog:
http://www.marioescobar.es/category/blog/

Facebook:
https://www.facebook.com/mario.escobar.1460693

Twitter:
https://twitter.com/escobargolderos

Amazon:
http://author.to/MarioEscobar

Él siempre será inocente, no se puede
culpar a los inocentes, son siempre
inocentes. Todo lo que podemos hacer es
controlarlos o eliminarlos. La locura es
una especie de inocencia.
GRAHAM GREENE

A veces el que tiene más ojos ve menos.
BENITO PÉREZ GALDÓS

La verdad es el mejor camuflaje, nadie la
entiende.
MAX FRISCH

El hombre que no teme a las verdades
nada debe temer a las mentiras.
THOMAS JEFFERSON

Intento comprender la verdad aunque esto
comprometa mi ideología.
GRAHAM GREENE

La verdad es hija del tiempo, no de la
autoridad.
FRANCIS BACON

Para todos aquellos que saben la importancia de la inocencia

*Para mis hermanas Loli, Reyes y Gemma, que compartieron conmigo
el dulce instante de la infancia*

PRIMERA PARTE

DESAPARECIDA

CAPÍTULO 1

El mar era lo único que apaciguaba su alma atormentada. Mary contemplaba las olas mientras estas golpeaban la playa privada que daba a su exclusiva villa y por unos instantes sentía que nada había cambiado, que Charly corría por la arena con sus cubos y palas, ligeramente quemado por el sol y con su sonrisa inocente. Aún guardaba en una cajita metálica de color amarillo sus rizos pelirrojos, mantenía la habitación de la casa en Kensington y conservaba sus juguetes en la sala junto al despacho de Charles. Cuando su marido se encontraba de viaje o en la oficina, se pasaba las horas muertas viendo en su *tablet* o en la inmensa pantalla curva de su televisor los vídeos de su hijo. Entonces podía llorar sin que nadie le reprochase nada ni le recordase que ya había pasado un año y tenía otra hija que cuidar.

Odiaba vivir. Se sentía la peor madre del mundo, siempre pensando en quitarse la vida o desaparecer de una vez por todas, como si su familia, sus amigos y su propia carrera como pintora y escultora no valieran nada. Sus padres la habían animado a regresar a Estados Unidos, pero ya no encajaba en ninguna parte. De alguna manera se había convertido en un alma descarnada, sutilmente etérea y eternamente infeliz. Solo el deseo de que todo tuviera un sentido y los llevara hacia su destino parecía traerle un poco de sosiego.

El sol del Mediterráneo parecía de una vitalidad tan escandalosa que casi le avergonzaba sentir el cosquilleo que le producía en su piel blanca y el escozor de la sal, que la revivía en parte, la sacaba del estado cercano a la catatonia en el que se encontraba. Charles había contratado a una joven danesa llamada Judith para que atendiese a la pequeña Michelle. Su pobre hija parecía tan desorientada como ella: apenas sonreía, no jugaba con otros niños y parecía reservar sus besos y abrazos solo para su padre, que la mayor parte del tiempo se encontraba de viaje o llegaba a altas horas de la madrugada para no enfrentarse a la cara de reproche de su mujer.

Mary le echaba la culpa de todo lo ocurrido. Cuando iban de vacaciones, el niño y él solían esquiar en una de las pistas más tranquilas de Gstaad, en la región Suiza de Saanen. Los dos salían a primera hora de la mañana, era su «momento para los chicos», mientras ellas tomaban un copioso desayuno en el exclusivo restaurante de The Alpina Gstaad, donde Michelle pedía un pedazo de panal de miel con su nata de leche de los Alpes y su ración diaria de fruta. Las dos se sentaban frente al ventanal, todas las mañanas en la misma mesa, y observaban los prados y bosques espolvoreados de blanco y el cielo azul. Siempre que viajaban a Suiza en diciembre Mary sentía la necesidad de pintar. Por eso, tras el desayuno, las dos iban a su habitación, donde había colocado un caballete, y se pasaban las dos horas siguientes transportando la hermosa vista al lienzo de algodón, como si no tuvieran suficiente con retener en su memoria aquel espectáculo de luz, color y armonía.

Michelle enredaba con los colores en un pequeño caballete de su tamaño, pero se sentía tan feliz de compartir esos momentos con su madre que habría deseado poder detener el tiempo para siempre. Madre e hija eran inseparables: cocinaban juntas, montaban en bicicleta o daban largos paseos por un bosque cercano a su casa.

Aquella mañana no fue como las demás, aunque a primera hora nada hacía presagiar lo que sucedería antes de que terminase el día. Mary se esforzaba en plasmar los matices de grises y blancos de la ladera de la montaña cuando oyó unos pasos amortiguados sobre la moqueta del pasillo que daba a la suite. Se volvió de inmediato, como únicamente una madre sabe hacerlo, intuyendo que aquella prisa no anunciaba nada bueno. Antes de que llamasen, ella ya había abierto la puerta y contemplaba con ojos desorbitados a las camareras. Las dos jóvenes tenían la respiración alterada y el pelo revuelto. Sus miradas chocaron con el rostro de la angustiada madre y no hicieron falta más palabras. Mary se calzó las botas de nieve y echó a correr por el pasillo, dejando a sus espaldas todo lo demás. No tuvo en cuenta qué sería de Michelle ni le importó dejar sobre la cómoda las joyas que pensaba lucir esa noche, la cartera repleta de tarjetas y más de cinco mil francos suizos en efectivo. No paró hasta llegar a la entrada principal, donde tomó una de las motonieves a disposición de los clientes y se dirigió a toda velocidad a la pista C9. Tardó casi diez minutos en llegar a la parte baja, junto a la gran cabaña de madera. Allí vio las ambulancias, un pequeño helicóptero de la Cruz Roja y algunos gendarmes con sus perros. Corrió por la nieve sin sentir apenas el frío en los brazos desnudos. Contempló un corrillo de policías, enfermeros y miembros de la Cruz Roja y se abrió paso entre ellos. Charles estaba de rodillas con los guantes aún puestos. Las lágrimas le recorrían las mejillas hasta alcanzar el jersey de lana debajo del impermeable, mientras sostenía en brazos a Charly, cubierto de un rojo coral intenso. Por unos segundos Mary sintió que todo aquello era ajeno a ella, como si estuviera contemplando la *Piedad* de Miguel Ángel, pero después notó el frío que les cortaba la cara y el intenso reflejo del sol sobre la nieve, que le devolvieron la cordura. No le duró mucho tiempo, los siguientes días y meses fueron infernales.

Las pastillas le anestesiaban el alma. No era la primera vez que se medicaba, pero aquellos tranquilizantes eran tan potentes que apenas permitían que los sentimientos penetrasen en su corazón. A veces pensaba que no sentir nada era mejor que sufrir, aunque enseguida reconocía que vivir sin sentimientos era lo más parecido a estar muerta.

Estiró el brazo, tomó una copa de Martini blanco con una aceituna y la posó en sus labios resecos. No debía beber alcohol, pero al menos eso le permitía amortiguar el efecto de las drogas y experimentar algo parecido a la melancolía. Notó el sabor dulzón en el paladar, después la suave quemazón por la garganta y abrió los ojos, ocultos por sus grandes gafas redondas. Pensó que a través de ellas el mundo parecía más apagado, como si toda su vida fuera una aburrida película de serie B.

—¡Mamá!

La voz de Michelle siempre le sonaba tan estridente que solía colocarse los pulgares en las sienes, en un intento de evitar que le estallara la cabeza. Mary se volvió levemente y vio a su preciosa hija. Llevaba el pelo rizado suelto, sus mechones rubios parecían aún más claros que a su llegada una semana antes, sus grandes ojos verdes brillaban como los de un gato misterioso, su cara ovalada de mejillas rosadas le confería una apariencia angelical. Michelle era algo traviesa, pero en general su comportamiento era adecuado. En muchos sentidos le recordaba a sí misma a su edad. También tenía un hermano mayor y sus padres parecían tolerarse mutuamente más que amarse. Siempre había odiado aquel ambiente de familia perfecta que en el fondo no se soportaba, pero Sam y Hillary se dedicaban a la política y toda su vida giraba en torno a su carrera. Gobernadores de Pensilvania durante dos legislaturas, senadores ambos de Delaware y Pensilvania, y ahora su hermano Scott llevaba una legislatura como alcalde de Filadelfia. Su familia era una de las más antiguas del estado y prácticamente del país. En 1682 los Smith, junto a William Penn, habían fundado la ciudad que muchos consideraban la Atenas del Nuevo

Mundo. Ella odiaba todo aquello. Pertenecer a una de las estirpes patricias de Nueva Inglaterra podía ser muy duro. Su familia se movía en pequeños círculos asfixiantes de gente como ellos: blancos, ricos y poderosos.

—¡Mamá! —gritó de nuevo la niña, intentado llamar totalmente la atención de su madre.

—No grites, Michelle, te oigo a la perfección —dijo la mujer con el ceño fruncido detrás de las gigantescas gafas.

—He aprendido a nadar muy bien. Llevamos dos horas practicando en la piscina.

—Estupendo, cariño. Luego me lo mostrarás, ¿verdad?

—Sí, cuando vuelva papá. ¿A qué hora llega?

—No tardará mucho. Tenía una reunión en Atenas, pero ya no se marchará más hasta que regresemos a Londres.

—¿Juegas conmigo?

Aquellas palabras le parecían la mayor de las torturas. En cuanto se ponía de rodillas para pasar un rato con Michelle la imagen de Charly regresaba a su mente y creía ver una gran mancha de sangre que se extendía por el suelo. A pesar de todo hizo el esfuerzo.

Dejó la copa en la mesita y se ató el pareo a la cintura. Su cuerpo se había quedado tan delgado que parecía haber recuperado el aspecto que tenía a los quince años. Después se arrodilló y percibió la arena caliente, fina y blanca como la harina.

—¿Hacemos un castillo? —preguntó la niña, que echó a correr hasta la orilla y llenó un cubo de agua. Antes de que regresara, mientras se aproximaba con su cubo rojo, Mary volvió a revivirlo todo de nuevo.

El rostro de Charles estaba petrificado, con una expresión de dolor como nunca había visto antes. Sus ojos reflejaban una mezcla de locura y miedo. No paraba de llorar y las manchas de sangre que le cubrían en parte las mejillas parecían convertir su llanto en lágrimas de fuego.

Mary se agachó y tomó al niño en brazos. Lo sintió frío e inerte, como si se tratara de un muñeco de trapo. Lo estrechó con despero, pero los sanitarios intentaron arrebatárselo. Les gritó, después se puso en pie y comenzó a caminar por la nieve, mientras un reguero de sangre cubría la blanca nieve del valle.

Al dejar atrás sus recuerdos percibió sobre la arena las manchas de sangre, que en apenas unos segundos se evaporaron. Después vio llegar a su hija, que lanzó el agua a sus pies y la miró con sus inmensos ojos con matices verdosos y dorados.

—Mamá, te sangra la nariz —dijo la niña.

Cuando Mary se llevó instintivamente la mano a la cara, notó el fluido viscoso y caliente. Se tapó la nariz con la mano y levantó la cabeza.

—¿Se encuentra bien? —preguntó Judith, asustada.

—Llévatela —ordenó mientras se recostaba en la tumbona de mimbre, sobre la toalla blanca del complejo.

Intentó apartar aquellas imágenes de la mente, pero no pudo. La cabeza caída a un lado de su pequeño, sus manos frías y la expresión de paz de su rostro permanecerían para siempre grabadas en su memoria.

CAPÍTULO 2

Charles miró el cuerpo de su esposa tendido en la penumbra. Seguía siendo tan bella como cuando la conoció quince años antes en París. Resultaba extraño que, siendo uno de Filadelfia y el otro de Washington DC, hubieran tenido que conocerse en un curso de francés en «la ciudad del amor». Los dos habían terminado aquel año sus carreras. Mary prometía ser la cirujana más exitosa de la costa Este y él quería fundar su propia empresa de marketing y redes sociales antes de cumplir los veinticuatro. Ambos provenían de dos extensas sagas de políticos norteamericanos, aunque de signos totalmente opuestos. A muchos les recordaban a Maria Owings Shriver y Arnold Alois Schwarzenegger, la primera perteneciente a la demócrata familia Kennedy y el segundo, un candidato republicano.

En París todo sucedió muy deprisa, aunque la juventud siempre produce esa sensación de velocidad e intensidad. A los dos les fascinaba Europa; allí no eran más que dos estudiantes anónimos, dos jóvenes entre tantos otros que acudían a sus clases de francés por la mañana, pero que disfrutaban de la ciudad por la tarde y la noche.

Un amigo de Charles había organizado una fiesta en su apartamento en el Barrio Latino. Le quedaban apenas quince días antes de regresar al agobiante Washington y había decidido que aquella noche se lo pasaría en grande. Llevaba tres años sin beber, su primer curso en la Universidad de Georgetown había sido un desastre. Detenido por consumo de drogas, intento de violación a una compañera y escándalo público, su familia se había encargado de alejarlo de todo aquello durante el verano tras advertirle seriamente que si continuaba por aquel camino lo abandonarían a su suerte. Los Roberts nunca se tomaban una amenaza a la ligera. Los tres años siguientes fueron impecables. Sus únicas salidas eran a la biblioteca o para prestar servicios en una pequeña parroquia católica. Ahora que se encontraba lejos de casa y que llevaba cuatro años sobrio, necesitaba desinhibirse un poco antes de regresar a los Estados Unidos y convertirse en un respetable padre de familia. Su prometida, Christine Gold, le esperaba para casarse seis meses más tarde. Por eso fue toda una suerte para él conocer a Mary. Ella era todo lo contrario de Christine. Sabía vivir la vida, sacarle todo el jugo y escapar airosa de todos los líos en los que se metía.

Al entrar en el amplio apartamento observó a la docena de personas que ocupaban el salón. A algunos los conocía de vista, pero la mayoría era un grupo de desconocidos estudiantes franceses y varias chicas australianas. Le llamó la atención una rubia casi albina de ojos celestes y rostro angelical, de esas que cuando se bajan las bragas se transforman de repente en un verdadero diablo, pero cuando Mary cruzó el salón con una copa en la mano e irradiando su vitalidad por toda la casa, ya no tuvo ojos para nadie más. Charles se aproximó a la ventana en la que estaba sentada la joven. Le preguntó qué hacía en París y ella no tardó en explicarle la verdadera razón de su estancia en la capital francesa. Sus padres estaban empeñados en que se convirtiera en una famosa cirujana, pero ella adoraba la pintura. Sus progenitores no querían una artista en la familia, pero le habían prometido que si terminaba su carrera con matrícula de honor, le pagarían seis meses de estancia en París, para que se dedicase a aprender pintura.

Charles no regresó a casa en la fecha programada, anuló su compromiso con Christine y vivió con Mary todo ese tiempo. Cuando regresaron a Estados Unidos les contaron a sus padres su intención de casarse. Al principio no les hizo mucha gracia, pero los hijos más díscolos de ambas familias eran demasiado tercos para cambiar de planes. Todos pensaron que el tiempo los templaría y que el compromiso los ayudaría a sentar la cabeza.

Aunque en apariencia el matrimonio los había tranquilizado, en realidad no fue así. Experimentaron con todo tipo de drogas para lograr conectar con algo más allá de sí mismos, y se hicieron miembros de un par de grupos esotéricos orientalistas que utilizaban el sexo como método de relajación y la meditación como terapia espiritual. Lo único que les hizo sentar la cabeza fue la llegada de su hijo Charly, nueve años después de casarse.

Charles nunca había sufrido el fracaso o la frustración. En aquel momento de su carrera, ya había acumulado una fortuna de varios millones de dólares gracias a su empresa de marketing y redes sociales, y vivían en Londres. La pérdida de su hijo le había hecho comprender de qué iba realmente la vida.

☙

Mary se volvió levemente y Charles se dirigió a la habitación contigua. Su esposa no había querido acostarse con él desde el accidente de su hijo.

Se desanudó la corbata y dejó la chaqueta en el galán de noche, después se quitó la camisa sudada por la cabeza y la tiró al suelo mientras se dirigía al cuarto de baño. Se preparó una ducha rápida. Cuando entró en la bañera y dejó que las infinitas gotas de lluvia le robaran por unos segundos la consciencia, le vino de nuevo a la mente la muerte de su hijo.

Intentaba borrar de su memoria aquel fatídico día. Pretendía evitar que su mujer se hundiera y que su hija sufriera por la desaparición de su hermano mayor, pero lo único que consiguió fue sentir más dolor. La pérdida de un hijo nunca se superaba, no importaba el tiempo que transcurriera ni las mil excusas que intentara crear en su cabeza.

Aquella desgraciada mañana en Suiza había parecido una más. El mejor momento del día era cuando Charly y él esquiaban hasta casi la hora de comer. Charles había descubierto en su hijo a su álter ego. Se parecía tanto a él cuando era pequeño que a veces le costaba distinguir su infancia de la de su hijo. Intentó ser mejor padre que su progenitor, cosa que no le resultó muy difícil. El padre de Charles, un famoso político republicano perteneciente a la mayoría moral, era un tipo fanático, hipócrita y tan frío que nunca le había dicho que le quería. Él en cambio se había desvivido por su pequeño, el negocio había pasado a un segundo plano y sus años de desenfreno de pronto le parecieron tan insípidos como una larga tarde de verano jugando el bridge.

Los dos descendían con normalidad. El día era tan soleado que las montañas nevadas parecían derretirse por la intensidad de los rayos. Cuando se aproximaban al final de la pista, Charly tropezó con algo y comenzó a rodar hasta que su cuello se incrustó en una roca saliente que por desgracia le cortó la yugular. La Cruz Roja no pudo hacer nada, antes de que llegaran los servicios de emergencia el niño ya estaba muerto.

Charles aún sentía el leve peso de su hijo en los brazos, el frío tacto de su cuerpo segado por una muerte que no perdona a nadie, pero que en ocasiones se lleva a los más inocentes. Él no era creyente, pero aquel gesto inhumano de los dioses le pareció la más horrenda confirmación de que la trascendencia únicamente consistía en el absurdo anhelo de inmortalidad de una especie decadente, la humana.

Recordaba la expresión de Mary cuando llegó unos minutos más tarde. Tenía el rostro desencajado y parecía inerte, como si el aliento de vida de Dios la hubiera abandonado, convirtiendo su cuerpo en una mortaja de tendones, piel y huesos. Nunca más había logrado recuperarla.

Mientas la ducha lo devolvía de nuevo a la realidad, sintió que las lágrimas se mezclaban con las gotas de agua. Sollozó con fuerza mientras le temblaba todo el cuerpo. No sabía si rendirse o luchar por las cenizas que quedaban de su familia. Intentar que los últimos rescoldos avivaran lo que la muerte había arrasado por completo.

Aquel viaje cumplía exactamente esa función. Si aquel paradisíaco lugar no lograba unirlos, su familia estaba perdida.

Charles salió con la toalla anudada a la cintura y se puso ropa cómoda. Aún quedaban unas horas para ir al restaurante y llevaba todo el día sudando con su impecable traje de algodón bengalí. Miró la imponente vista sobre los riscos, el mar azul turquesa y sintió el deseo de zambullirse en él hasta desaparecer por completo. Después le vino la imagen de la carita de Michelle, su amor hacia ella era una de las pocas cosas por las que merecía la pena seguir luchando. Y el hermoso rostro de su esposa, enferma y perdida, le gritaba a todas horas que no podía abandonarlas.

De alguna manera era consciente de que la parte más placentera de la vida se había esfumado para siempre. Las fiestas, los viajes, la despreocupación de la juventud habían dejado paso a los primeros dolores articulares, la enfermedad y el inefable miedo a la muerte. Nunca hablaba de esos temas, pero no pasaba un día sin que pensara en ellos.

Mary no era únicamente una mujer deprimida a la que le costaba avanzar en el duelo de su hijo, también tenía párkinson en un nivel muy avanzado. Se lo habían diagnosticado dos años antes, pero ella había intentado recurrir a la medicina alternativa y rechazaba los medicamentos. Negaba su enfermedad. A veces, cuando estaba sometida a mucho estrés, los síntomas eran más evidentes. Charles intentaba ayudarla, pero ella se aislaba a medida que avanzaba su enfermedad y había comenzado a tener los primeros brotes psicóticos y una incipiente demencia.

El hombre se puso un pantalón ligero de lino blanco y una camisa holgada de manga corta. Se calzó unas sandalias de cuero y se dirigió hacia la planta baja. No había ni rastro de Mary, aunque sabía que no podía andar lejos. La niña y Judith estaban en la pequeña cala de la que disponía la villa. Aquella era una de las razones por las que había elegido aquel lugar. Discreto, seguro y al mismo tiempo dentro de una gran urbanización con restaurantes, centro comercial exclusivo y campo de golf.

Desde el amplio salón acristalado se encaminó directamente a la zona de la piscina, donde vio a Mary haciendo varios largos. Mientras se movía rítmicamente con la fuerza de sus brazadas, nadie habría dicho que esa mujer esbelta, de formas perfectas y delicado rostro estaba enferma.

Charles se situó junto a la piscina y esperó a que su mujer asomara la cabeza del agua. Mary se apoyó en el borde, se quitó las gafas de nadar y se despojó del gorro, dejando que su pelo largo y rizado se extendiera por la espalada.

—No sabía que habías llegado.

—Llevó un rato en la casa, ya me he duchado.

—¿Vas a ir vestido así a la cena?

Ella llevaba todo el día pensado en qué ponerse. Sus amigos Pierre y Alissa Zimler los esperaban en el restaurante a eso de las ocho y media. Un poco tarde para cenar, pero era verano y en Turquía no anochecía casi hasta las nueve de la noche.

—Pues yo me pondré mi falda ancha blanca y una blusa. No me apetece arreglarme mucho.

—Tú siempre estás hermosa, querida —dijo Charles con un guiño de sus ojos verdes. El sol le había dorado un poco la piel después de cuatro días en el Mediterráneo, aunque casi todos los había pasado de reuniones en Estambul, Atenas y Alejandría. Estaba intentando vender una red social en griego y otra en árabe sobre comida, costumbres y ropa, en la que los usuarios pudieran disfrutar de su propio idioma; aunque algunos de sus socios no le veían el potencial, Charles pensaba que para la mayoría de la gente era más fácil utilizar su lengua materna en las redes sociales que el inglés y que cada vez se daba más importancia a los productos locales de calidad.

—No me apetece mucho salir, pero por otro lado llevo cuatro días sin cruzar el umbral de esa puerta y comienzo a ponerme algo nerviosa. ¿Michelle se encontrará bien? —preguntó Mary intentado dominar la ansiedad que le producía el hecho de tener que separarse de su hija, aunque fuera por unas pocas horas.

Su marido la miró sorprendido. Llevaba meses sin querer salir de noche y a él apenas le prestaba atención.

—Este es el complejo más seguro de Antalya y en la ciudad más segura de Turquía. Hay vigilancia las veinticuatro horas, cámaras en todos los rincones, los inquilinos están controlados por el pequeño chip que nos implantaron en la oreja al llegar. Nadie entra ni sale de aquí sin que los monitores lo registren y comprueben cada uno de sus movimientos. Nuestra propia empresa instaló el sistema. Para acceder a la villa hay que pasar un control de las huellas dactilares y el iris.

—Está bien. La verdad, no sé si eso me da más miedo que lo que pueda sucedernos si alguien entre en casa.

—Es el precio de la seguridad, querida. El mundo es un lugar cada vez más inhóspito. Crímenes, secuestros, atentados y revueltas. Mi empresa, además de vender redes sociales y otros servicios informáticos, se dedica sobre todo a la seguridad, y ya es más lo que facturamos por ese concepto que con las redes sociales.

Mary salió del agua y sintió algo de frío. Las noches en esa parte de Anatolia eran frescas, pero de día la temperatura podía llegar a resultar asfixiante, aunque la brisa del mar siempre suavizaba un poco el calor.

Charles la contempló con calma, como se observa la belleza de una obra de arte que comienza a resquebrajarse por el inexorable paso del tiempo. Ella esbozó una leve sonrisa que pilló totalmente por sorpresa a su marido. No la había visto de tan buen humor desde antes de la muerte de su hijo.

—He tomado la medicación. Lo cierto es que llevo un par de días haciéndolo. Quería darte una sorpresa —añadió abalanzándose sobre él.

El hombre se dejó hacer. Sitió el cuerpo frío y húmedo de su esposa. Después los labios amoratados con un ligero sabor a sal y en unos segundos su cuerpo comenzó a reaccionar. Llevaban meses sin hacer el amor. Ella siempre lo rechazaba como si fuera un apestado, pero bajo aquel sol reluciente, completamente solos en esa piscina privada, su deseo fue creciendo hasta que ambos se olvidaron de quiénes eran, del dolor de la muerte y la separación, convirtiéndose de nuevo en un hombre y una mujer.

Charles recordó París y la primera vez que hicieron el amor precipitadamente, en el baño del apartamento de su amigo. Parecían dos famélicos buscadores de vida que se aferraban a la implacable droga que sus pieles producían al entrar en contacto.

Aquella tarde en Turquía fueron de nuevo eso, un hombre y una mujer, la primera pareja de la tierra que regresaba al paraíso perdido, reclamando la herencia de su felicidad.

Unos minutos después estaban en una de las tumbonas de madera con la respiración acelerada y una eufórica sensación de vitalidad producida por las endorfinas.

—Dios mío, cómo echaba de menos esto —dijo Charles.

Mary le sonrió y apoyó la mano sobre el pecho de su marido. Se conservaba en perfecta forma aunque una incipiente barriga parecía tomar forma en sus abdominales.

Antes los dos se sentían tan jóvenes, tan fuertes y atractivos… Parecía que la vida no podía negarles nada, que criarían hijos fuertes y brillantes que se convertirían, como ellos, en la élite del mundo.

—¿Quieres que cancele la cena? —preguntó Charles de repente. Prefería disfrutar de aquella repentina mejoría de su mujer a solas.

—Tenemos que rehacer nuestras vidas. Llevo más de un año dejándome llevar, hace tiempo que perdí de vista mi destino, pero hoy de nuevo me veo con fuerzas para retomar nuestra existencia justo donde la dejamos. No puedo seguir mirando atrás. Michelle nos necesita y podemos tener otro hijo. Nadie sustituirá a Charly, pero la niña necesita a alguien con quien jugar. Sobre todo cuando falte yo... —dijo sin poder terminar la frase. Sus ojos se aguaron y tuvo ganas de negar que la muerte la acechaba desde hacía tiempo, aunque ella se resistiera a reconocerla.

—No vas a morir, mucha gente vive hasta los ochenta años con tu enfermedad —dijo su esposo mientras le quitaba las lágrimas de los ojos con los dedos.

—Va muy deprisa, cariño. Cada mes siento el avance del mal, noto que mi cuerpo no responde, pero lo peor es mi mente. Apenas puedo concentrarme, me cuesta pensar con claridad, los miembros no me obedecen, estoy siempre cansada. No nos engañemos, en menos de cinco años apenas podré moverme, y en diez seré casi un vegetal.

Las lágrimas de Mary se convirtieron en sollozos. Sus cuerpos semidesnudos parecían los de dos dioses del Olimpo, pero sus almas estaban destrozadas por las tribulaciones. Nadie los había preparado para sufrir. Las personas como ellos únicamente conocían el éxito, la fama y el poder, pero ante el sufrimiento eran los más débiles y vulnerables.

Charles comenzó a murmurarle al oído la misma poesía que le recitó la primera noche que durmieron juntos. Sus palabras parecían más amargas, pero enseñaban la misma verdad. Debían sobrevivir a cada tormenta, pero la última batalla jamás podrían ganarlas.

¡Oh, capitán!, ¡mi capitán!, nuestro terrible viaje ha terminado,
el barco ha sobrevivido a todos los escollos,
hemos ganado el premio que anhelábamos,

el puerto está cerca, oigo las campanas, el pueblo entero se muestra
   regocijado
mientras sus ojos siguen la firme quilla, la audaz y soberbia nave.
Mas, ¡oh, corazón!, ¡corazón!, ¡corazón!
¡Oh, rojas gotas que caen
allí donde mi capitán yace, frío y muerto!

¡Oh, capitán!, ¡mi capitán!, levántate y escucha las campanas.
Levántate: por ti se ha izado la bandera, por ti vibra el clarín,
para ti ramilletes y guirnaldas engalanadas,
para ti multitudes en las playas,
por ti clama la muchedumbre, a ti se vuelven los rostros ansiosos:
¡Ven, capitán! ¡Querido padre!
¡Que tu cabeza descanse sobre mi brazo!
Debe ser un sueño que yazcas sobre el puente,
derribado, frío y muerto.

Mi capitán no contesta, sus labios están pálidos y no se mueven,
mi padre no siente mi brazo, no tiene pulso ni voluntad,
la nave, sana y salva, ha anclado, su viaje ha concluido,
de vuelta de su espantoso viaje, la victoriosa nave entra en el puerto.
¡Oh playas, alegraos! ¡Sonad campanas!
Mas yo, con tristes pasos,
recorro el puente donde mi capitán yace,
frío y muerto.

CAPÍTULO 3

Tomaron el coche de golf de color blanco que tenían justo en la entrada de la villa. En el complejo no se permitían vehículos más grandes. El pequeño coche eléctrico circuló por las plácidas calles de la amplia urbanización. Apenas se cruzaron con nadie: la mayoría de los vecinos ya estaba cenando en sus casas o en los restaurantes del complejo. Charles parecía algo inquieto; Michelle había tardado en irse a la cama y su esposa no había querido marcharse hasta que la niña se quedara completamente dormida. Judith les había dicho que no hacía falta, que ella se ocuparía de la pequeña, pero Mary parecía recuperar poco a poco su instinto maternal.

—¿Te encuentras bien? —preguntó Charles, volviéndose hacia su esposa.

Notaba la brisa fresca y por unos segundos se arrepintió de no haberse puesto la chaqueta, a la vuelta la temperatura habría bajado mucho más.

—Me siento algo nerviosa. No sé por qué, pero no me quedo tranquila del todo.

—Podemos regresar. Pierre y Alissa son personas muy razonables. No tienen niños, pero seguro que se ponen en nuestro lugar.

—Ya te he comentado que quiero que las cosas cambien. Durante demasiado tiempo te he dejado de lado. No debe de haber sido fácil para ti. No quería que te sintieras culpable, pero al mismo tiempo te odiaba por lo sucedido. No podemos evitar los accidentes y, lo que es más importante, no podemos oponernos al destino —dijo Mary, estrechándose la chaqueta. Ella también sentía la brisa fresca sobre la piel ligeramente quemada.

—No sabía que ahora creyeras en el destino —contestó él algo extrañado. Los dos habían sido siempre ateos, algo que fastidiaba especialmente a los padres de Charles.

—En estos meses me he hecho muchas preguntas. Primero fue mi enfermedad; aunque creo que realmente no han sabido diagnosticarme bien, no puedo negar que algo le pasa a mi organismo. Después la… muerte de Charly y, bueno, para mí tú siempre has sido lo más importante de mi vida. No soportaba la existencia sin tenerte a mi lado, en cambio durante este tiempo me he sentido sola, muy sola. Todo lo que creía seguro y me inspiraba confianza se ha derrumbado, necesito reconstruir mi vida. Está patas arriba, tal vez creer en el destino y que todo lo que nos sucede tiene un porqué sea un buen comienzo.

—Es posible…

—No puedo concebir la separación total y eterna de nuestro hijo, y tampoco que la vida sea únicamente este breve instante, este segundo que se escapa de nuestras manos como la flor que apenas dura un día. ¿Entiendes? Cuando éramos más jóvenes parecíamos inmortales, pero ya no sentimos eso.

—El tiempo no pasa en balde. Parece que fue ayer cuando nos conocimos en París, pero dentro de poco cumpliremos cuarenta y ocho años.

El coche eléctrico se detuvo frente al pequeño restaurante. La fachada, como el resto del complejo, se asemejaba a una casa de pescadores iluminada por velas y pequeñas lucecitas blancas. Al lado de la puerta una vieja higuera retorcida tenía colgados algunos farolillos y, al otro, descansaba una vieja carreta pintada de verde, a juego con el color de las contraventanas.

—Esta entrada siempre me ha evocado un cuadro —comentó Mary, recuperando la sonrisa.

—Todo lo bello es como un cuadro —contestó Charles, pasando el brazo por la espalda de su esposa.

El olor a azahar y los sonidos de unas pequeñas campanillas doradas les hicieron sentirse en un lugar mágico. Atravesaron la puerta y subieron unas escalones de madera antes de llegar al salón, donde una docena de mesas ya estaban llenas de comensales relajados y felices. El *maître* les llevó hasta el jardín, les indicó la mesa debajo del porche y ayudó a la mujer a sentarse, acercándole la silla. Eran los primeros, no había ni rastro de sus amigos franceses.

—Tanta tensión para nada —comentó sonriente Charles.

—Los franceses no son muy puntuales, se nos había olvidado —bromeó Mary.

Debajo del pequeño porche la noche no parecía tan fría, pero la proximidad del césped y los olivos mantenían el ambiente fresco. Mary se dejó puesta la chaqueta y su esposo comenzó a mirar la carta de vinos. Enseguida se detuvo en uno de los mejores.

—Creo que voy a pedir un AurumRed Serie Oro —dijo a su esposa.

—¿Ese es el vino del que me hablaste? —preguntó Mary mientras echaba un vistazo de reojo a las otras mesas.

—Sí, dieciséis botellas se subastan por doscientos mil euros, creo que es una buena inversión. Si decidimos comprarlas, nos beberemos dos o tres, pero el resto valdrán el doble dentro de cinco años.

Antes de que Mary pudiera contestar aparecieron por la puerta Pierre y su esposa Alissa. El francés era mucho mayor que su mujer, que casi podía ser su hija, pero se mantenía en tan buena forma que nadie hubiera dicho que superaba los sesenta y cinco años. Charles los había conocido jugando al golf y después habían tomado algo los cuatro juntos en una tetería al otro lado de la calle. Pierre era marchante de arte, lo que había aumentado el interés de Mary, que llevaba tiempo intentando vender sus últimas obras. Charles había intentado implicarlo en sus negocios.

—Estas guapísima —dijo Alissa al sentarse al lado de Mary.

—Tu sí que estás guapísima. Me encanta tu pelo tan negro, brilla mucho, no sé qué tipo de acondicionador usas, pero el resultado es espectacular.

—Venga, chicas, no me creo que estéis hablando de acondicionador —dijo Pierre, luciendo su brillante sonrisa.

—Vosotros habláis de vinos, de jugar al golf o de las mejores inversiones y nadie dice nada —replicó Mary, animada.

—Pareces muy contenta. Qué bien, vamos a pasar una velada fantástica —comentó el francés.

Comenzaron a mirar la carta y Charles pidió el vino al camarero.

—Este vino es increíble, te va a encantar —dijo mientras el camarero iba a por la botella.

Una niña jugaba cerca de sus padres en la mesa de al lado y, tras darse un golpe, comenzó a llorar. Mary se puso tensa de repente; le sobrevino un mal presentimiento y tomó el teléfono de su pequeño bolso. Mandó algunos mensajes de WhatsApp a Judith, pero pasados algunos segundos la niñera no los había leído.

—¿Todo bien, cariño? —preguntó Charles al observar el rostro de su esposa.

—Voy a llamar a Judith, no ve mis mensajes —dijo poniéndose en pie y caminando hacia el centro del césped.

—¿Quieres que te acompañe? —preguntó Alissa.

—No hace falta. No te preocupes.

Mary pulsó el botón del teléfono y espero a que Judith contestase. Dejó que el teléfono sonara un buen rato, pero la joven no contestó. Estaba a punto de volver a intentarlo cuando recibió un mensaje:

«Michelle se despertó, por favor no usar el teléfono. Todo está bien».

—Será estúpida… Para que no llame tendrás que contestar mis mensajes —dijo en voz baja.

Regresó a la mesa algo más tranquila. Eran las nueve y media de la noche, el sol había desaparecido por completo del horizonte y aún era muy pronto. Intentó desconectar y disfrutar de la noche. Hacía mucho tiempo que no se sentía tan bien.

CAPÍTULO 4

La segunda botella de vino no fue tan cara, pero cumplió el mismo efecto: relajar el ambiente y conseguir que pasaran una velada perfecta. De vez en cuando Charles se detenía a observar a su esposa, que parecía otra persona, alegre, tranquila y absolutamente encantadora. Alissa congeniaba con ella a pesar de la edad y las diferencias culturales. Mary adoraba Francia, que la remitía a la época mítica en que el mundo aún era un lugar de oportunidades y esperanzas.

La conversación los había llevado por derroteros inesperados. Alissa no era solo una cara bonita, parecía una mujer inteligente y preocupada por muchos temas. Mary odiaba la superficialidad y el simplismo de la mayoría de la gente. Apenas conversaba a no ser que sintiera que tenía algo que aprender o enseñar.

—Creo que la realidad no existe, simplemente percibimos la idealización de lo que nos rodea. Puede que nos parezca que el pasado fue bueno o malo, que la vida ha mejorado o empeorado, pero en realidad todo eso es una ilusión, ¿no creéis? —preguntó Mary.

—Cuando estudiaba en la Sorbona uno de mis profesores siempre decía que la realidad es una prostituta que se vende al mejor postor —comentó Alissa.

—Los profesores de la Sorbona siempre tan expeditivos. Lo únicamente inmortal y con calor imperecedero es el arte, la belleza, como diría nuestro querido Platón —adujo Pierre, que siempre defendía la necesidad de su trabajo y que no entendía el mundo sin estar rodeado de belleza a cada instante. Por eso detestaba tanto la enfermedad, la vejez y la pobreza. Le hacían sentir mortal y no soportaba verse tan vulnerable.

—Ya nada es tangible, todo son ceros y unos. Código binario abierto y cerrado. Mirad —dijo Charles levantando su gran iPhone.

Todos contemplaron en la pantalla brillante la imagen de *La Gioconda*. Él toco la pantalla y el famoso cuadro se disolvió en una nube de «0» y «1».

—Dentro de poco nada será real, será un simple escenario.

—Eso no anula la belleza —señaló Alissa—, más bien la eterniza. El lienzo, la piedra, el estuco son simples soportes tan válidos como una pantalla de teléfono.

—¿Tú crees? Cualquiera puede dibujar en un teléfono, solo tiene que saber códigos y poner números. El verdadero arte está en la punta de un pincel. ¿No es cierto Pierre? —preguntó Mary.

—El verdadero arte se encuentra en la punta del dedo del artista, en sus yemas. En la sensación vibrante del genio y la creación —comentó Pierre en francés, como si el inglés no le ofreciera suficientes recursos para expresar sus pensamientos.

Charles pidió la cuenta y los cuatro salieron a la calle fresca y solitaria.

—Creo que iremos a casa caminando —comentó Charles, algo mareado.

—Os acompañamos. La velada ha sido tan encantadora que es una lástima que nos separemos —dijo Alissa mientras se aferraba al brazo de su esposo y lo empujaba suavemente en dirección a la villa de sus amigos.

Mary apretó el paso mientras contemplaba las estrellas. La iluminación de la calle era tenue, para evitar contaminar el cielo nocturno. Alissa se adelantó un par de pasos y se colocó a su altura.

—¿Qué se siente al llevar tanto tiempo casados? Dentro de unos días Pierre y yo celebraremos nuestro primer aniversario, pero no puedo ni imaginar cómo será toda la vida junto a él.

—Complejo. Creo que esa es la palabra que mejor se ajusta. Curiosamente no son los tiempos difíciles los que echan a perder una relación, normalmente es la suma de pequeñas heridas cotidianas. Un golpe puede impedirte andar hasta que te recuperes, pero una piedrecita en el zapato te hará tanto daño que pasarás un par de días sin poder caminar. Charles es un hombre maravilloso, pero como todos los seres humanos está compuesto por certezas: la certeza de que mañana despertará, que podrá moverse, que tendrá trabajo y salud, lo que le convierte en una persona predecible y segura. Cuando esas certezas desaparecen uno se da cuenta de que vive en un gran teatro y que la función ya va por el último acto —dijo Mary, sin pensar que aquellas palabras soltadas en medio de la noche parecían dardos crueles contra la juventud que Alissa representaba. Tal vez se parecía demasiado a la persona que la sustituiría a ella cuando la enfermedad o la desesperación terminaran con su vida.

Permanecieron en silencio durante un rato, mientras los dos hombres charlaban animadamente. Pierre era inteligente, brillante y un gran conversador, tres de los rasgos que más valoraba Charles en una persona. Una de las cosas que odiaba de ciertos ambientes en Estados Unidos era el simplismo, el maniqueísmo que lo convertía todo en blanco o negro sin el amplio espectro de matices. A veces se consideraba más europeo que estadounidense, aunque esa era una pose bastante habitual entre los habitantes de la Costa Este.

—¿No has visto los cuadros de Mary?

—No, hemos hablado de ellos, pero no los he visto —contestó Pierre.

—Tal vez sea muy tarde, pero ¿qué os parece si entráis un rato? Seguro que Mary te los mostrará. Permíteme un momento.

El hombre se adelantó y puso la mano sobre el hombro de su esposa.

—He comentado a Pierre que vengan a tomar una copa a la villa para que puedas enseñarle tus cuadros.

La mujer frunció el ceño y se cruzó de brazos. En los últimos minutos había notado que el agotamiento comenzaba a agarrotarle los músculos; cuando se encontraba estresada o cansada los signos de su enfermedad eran mucho más evidentes. Charles advirtió que temblaba un poco y sus movimientos parecían más lentos y torpes.

—No importa, les diré que pueden verlos otro día —comentó Charles para tranquilizarla.

Mary lo miró fijamente a los ojos y después intentó relajarse antes de contestar.

—Ha sido una noche estupenda. Me tomaré la medicina antes de dormir, si nos sirves un copa creo que podré aguantar una hora más.

Pierre ya los había alcanzado y estaba a punto de comentarle que lo dejaban par otro día cuando oyó las palabras de la mujer.

—No queremos molestar, es muy tarde hasta para un francés —bromeó.

—La noche es aún joven —contestó Mary—. Además, quiero que veas mis últimos lienzos. A Charles le parecen algo tenebrosos, pero los artistas pasamos por distintas etapas.

—Será un placer —contestó el francés, ofreciendo su brazo y caminando con la mujer.

Alissa se puso al paso de Charles y avanzó en silencio hasta que se atrevió a preguntarle:

—¿Está enferma? No quisiera ser indiscreta, pero me ha dado la impresión...

—Sí, está enferma, pero nunca he conocido un corazón tan grande ni un alma tan noble. Mary es capaz de vencer cualquier cosa que se proponga, pero no puede controlar su destino.

CAPÍTULO 5

La casa parecía tranquila. Charles intentó hacer el menor ruido posible para evitar que Michelle y Judith, que dormían en habitaciones contiguas, se despertaran, así que los cuatro se encaminaron directamente al salón. El anfitrión puso algo de música y comenzó a preparar unas copas. De noche no tenían servicio, no llegaba hasta las nueve de la mañana para limpiar la villa, hacer los desayunos y preparar el almuerzo.

—Ahora vengo, quiero ponerme algo más cómodo —dijo Mary.

Su ropa era fresca y holgada, pero en la casa hacía algo de calor y prefería cambiarse y echar una ojeada a la niña, además de tomarse la medicación. Dejó los zapatos en la entrada y subió los escalones volantes de madera con los pies descalzos, después recorrió el pasillo de suelos transparentes de cristal y se detuvo unos segundos delante de la puerta de Judith. La joven se encontraba profundamente dormida. Era realmente atractiva; su piel blanca ya se había tostado un poco y sus grandes ojos azules resaltaban aún más, tenía buen tipo, era alta y mostraba cierto gusto en el vestir. Durante un tiempo se había sentido celosa, pensaba que tener una chica joven y atractiva en casa no era una buena idea, sobre todo en plena crisis matrimonial, pero se sentía tan agotada la mayor parte del tiempo que sin su ayuda no habría podido hacerse cargo de la niña. Michelle la adoraba, lo que la había hecho sentirse doblemente celosa, aunque sabía que una niñera nunca podía sustituir a una verdadera madre. Ahora que había decidido retomar su vida y luchar hasta las últimas fuerzas, su hija sería el eje principal de su vida.

Caminó con pasos cortos hasta la segunda puerta y escudriñó en la penumbra. Notó las sábanas arrugadas y vio el oso de peluche de Michelle. Estaba a punto de cerrar de nuevo la puerta cuando decidió cerciorarse. Entró muy lentamente y miró de nuevo la cama. Las sábanas tenían la forma de un cuerpo, pero su hija no estaba.

Notó que el corazón se le paralizaba e intentó gritar, pero no tenía aire, como si estuviera debajo del agua. Comenzó a sudar y se aproximó a la cama para arrancar las sábanas, que lanzó por los aires. Después se asomó a la cristalera; era imposible que se hubiera caído a la piscina, pero fue más un acto reflejo que un pensamiento. Las luces del agua daban un aire difuso al jardín, pero no había ni rastro de su hija.

Corrió hacia el baño, miró detrás de la mampara opacada y una vez más comprobó con desesperación que Michelle no se encontraba allí. Tal vez se había escondido para darle un susto, pensó mientras se dirigía a la habitación de Judith, aunque sabía que eso era imposible. Michelle nunca habría abandonado la cama y caminado en la oscuridad.

—¡Judith! —gritó con todas sus fuerzas, tras lograr superar por primera vez el bloqueo al que parecían estar sometidos sus pulmones. Su enfermedad le dificultaba la respiración y la hacía sentir como un pez fuera del agua.

La joven no se movió, como si aquel grito estridente no bastara para despertarla. Mary comenzó a zarandearla con fuerza, intentando desahogar toda su rabia sobre la chica, que apenas reaccionaba a sus palabras.

—¿Dónde está Michelle?

Los gritos alarmaron a Charles y sus invitados. Corrieron escaleras arriba y enseguida llegaron a la habitación de la niñera. Judith parecía aturdida a pesar de las sacudidas de Mary, que no dejaba de gritarle. Charles abrazó con fuerza a su mujer y la apartó a un lado.

—¿Qué sucede? —preguntó, clavando los dedos en los brazos de su esposa.

Mary paró de moverse y gritar, dejó caer los hombros y casi sin fuerzas le dijo:

—No encuentro a Michelle. ¿Dónde está mi hija?

La pregunta atravesó el corazón de Charles como una espada. Algo se estaba rompiendo de nuevo entre ellos y sabía que esta vez no sería capaz de soportarlo. La abrazó con fuerza, sabía que era la única manera de retenerla a su lado, sentía que si la soltaba la perdería para siempre.

—Tranquila, no puede haber ido muy lejos —mintió, aunque sus palabras sonaron tan convincentes que él mismo se tranquilizó por unos instantes.

Estaban en una de las urbanizaciones más seguras del mundo, él mismo había diseñado los sistemas de seguridad, nadie podía haber entrado en la casa ni sacado a la niña sin que mil sensores, detectores y alarmas se pusieran en marcha.

—¡No está! —gritó de nuevo Mary.

Se le quebró la garganta como si por un momento las cuerdas vocales pudieran expresar el profundo dolor que le partía el alma. La imagen del cuerpo inerte de Charly se apoderó de ella, como si ese terrible recuerdo intentara destruirla por completo. Entonces su mente y su corazón zozobraron de nuevo, sumergiéndose en la profunda oscuridad de la que había comenzado a sentirse a salvo.

CAPÍTULO 6

Todavía era de noche cuando los inspectores Kerim Tumanyan y Emine Tilki entraron en el jardín delantero sigilosamente. La niña llevaba desaparecida más de cuatro horas. Los padres habían llamado de madrugada y una patrulla había buscado a la pequeña por toda la urbanización, sin resultado. El comisario los había despertado en plena noche, querían expertos y no les servían los inspectores del turno de noche. Sus superiores estaban llevando aquel asunto con la máxima discreción. La familia de la niña desaparecida pertenecía a una importante saga de políticos estadounidenses y el gobierno turco, siempre inmerso en interminables crisis, esperaba que aquel asunto no fuera un detonante. La relación entre Estados Unidos y Turquía siempre había sido muy estrecha. Ambos países eran aliados y llevaban colaborando en la estabilización de la zona durante los últimos cincuenta años, y aunque las relaciones parecían más frías con el gobierno islamista moderado, Washington continuaba apoyando al presidente.

Al entrar en la villa los agentes comprobaron con horror que no se habían seguido los protocolos mínimos de una investigación oficial. Los policías vestidos de paisano para no levantar sospechas caminaban por todas las zonas de la casa sin el menor cuidado; se habían tomado unas pocas huellas en la habitación de la niña y su cuidadora, pero todos los indicios que hubieran podido encontrarse en las demás dependencias se habían contaminado. La policía local no era muy cuidadosa, la científica había llegado demasiado tarde y los novatos del turno de noche no habían hecho bien su trabajo.

Kerim recriminó la falta de profesionalidad al oficial al mando y después le preguntó dónde se encontraban los padres. La pareja de inspectores salieron al jardín de la casa, donde vieron a una bellísima mujer rubia con unas amplias gafas de sol y un vestido de algodón blanco, y a un hombre ataviado con ropa informal tomando una tila.

—Señores Roberts, permítanme que me presente. Mi nombre es Kerim Tumanyan, inspector del Departamento de Investigación Criminal, y esta es mi compañera la subinspectora Emine Tilka.

Apenas había terminado la frase cuando la mujer se puso en pie, nerviosa, con un cigarrillo entre los dedos.

—¿Por qué es su departamento el que investiga la desaparición de mi hija? ¿Creen que se trata de un secuestro?

Emine se adelantó. Aunque hacía poco que los cuerpos especiales de la policía turca contaban con agentes femeninos, las habían incorporado para que atendiesen especialmente a mujeres, para poner una mano sobre su hombro. En Ankara y Estambul las barreras entre ambos sexos eran casi inexistentes, pero en las zonas rurales y Anatolia la sociedad era mucho más conservadora.

—Por ahora no descartamos ninguna opción, pero estamos investigando una desaparición —dijo en tono suave Emine.

Mary la miró con una mezcla de desprecio y desesperación, después se sentó de nuevo y comenzó a llorar.

—Lamento… Será mejor que hablemos en otro lugar —dijo Charles, intentando tomar las riendas de la situación.

Kerim lo miró con suspicacia. En su dilatada carrera había conocido a mucha gente como aquel hombre: personas poderosas, seguras de sí mismas, pero que en el fondo escondían tantos sórdidos secretos que él los imaginaba como el famoso doctor Jekyll y Mr. Hyde.

Charles llegó hasta el extremo de la escalera que llevaba a la pequeña playa privada en lo profundo del acantilado y se quedó mirando el mar, como si simplemente quisiera ir hasta allí para despejar la cabeza.

—Agentes, quiero que entiendan que esta casa es inexpugnable. Yo mismo diseñé la seguridad de toda la urbanización. Prácticamente es imposible entrar o salir sin ser detectados. El acceso por mar es difícil —dijo, señalando la costa—, solo un buzo podría aproximarse sin ser detectado o despedazado por las rocas. Por la noche los sensores de movimiento del jardín están conectados, cualquier ser que pese más de diez kilos o tenga un volumen determinado sería captado de inmediato. La casa tiene cristales blindados, totalmente impenetrables. Además, todos los empleados y los huéspedes del complejo llevamos un minúsculo chip en la muñeca que se disuelve al cabo de tres meses. Está fabricado con la idea de convertirse en la medida de seguridad más revolucionaria de los próximos años. Mi equipo ha comprobado los movimientos de la casa anoche y no hubo ninguna presencia sospechosa.

El padre contempló a los policías con indiferencia y después miró el teléfono, como si no le interesara lo que les estaba contando. El inspector estaba comenzando a cansarse de aquel tipo prepotente y engreído. No parecía que la desaparición de su hija le afectase mucho. No mostraba los típicos síntomas de estrés postraumático que cualquier persona normal sufría en momentos como aquellos, por no hablar de que era el segundo hijo que perdía en menos de un año. Su voz era pausada, no tenía síntomas de angustia o desesperación.

—Señor Robert, creo que perdió a su hijo en un desgraciado accidente hace poco y que Michelle es su única hija. Nos han informado de que su esposa padece una enfermedad degenerativa y que se medica, además nos han comentado que tienen interna a una cuidadora llamada Judith, una joven danesa que se quedó anoche con su hija. ¿Todo eso es correcto? —preguntó Kerim mientras intentaba demostrar a aquel tipo quién tenía las riendas de la situación.

—Sí, aunque hay dos empleadas que se ocupan de limpiar y cocinar, pero solo vienen durante el día.

—¿Las dos mujeres han acudido esta mañana? —preguntó Emine.

El inspector se volvió hacia su compañera y la fulminó con la mirada. Todavía no había asumido del todo la necesidad de tener mujeres en el cuerpo, mucho menos que se saltaran el protocolo. Su ayudante no debía intervenir a no ser que él se lo permitiese.

—Una de ellas sí, Berna, pero Esen, la más joven, nos dejó un mensaje en el contestador para avisarnos de que su hijo estaba enfermo.

—Necesitamos su teléfono —dijo la subinspectora.

Charles buscó el número en su móvil y se lo dictó a la mujer.

—¿Ha terminado? —comentó, nervioso, el inspector.

—Sí, señor.

—Está bien. A partir de este momento necesitamos los pasaportes de los tres y sus teléfonos serán controlados, únicamente podrán llamar por el fijo. Cuatro agentes permanecerán con ustedes las veinticuatro horas del día. No podrán salir de la casa si no es en compañía de un policía.

—Pero ¿eso significa que estamos detenidos?

—No, señor, es para su protección. Solo hay cuatro posibilidades: que su hija se precipitara al mar, cosa improbable, ya que habrían sonado todas las alarmas; que alguien la sacara por la fuerza de la casa con la idea de pedir un rescate, aunque por ahora no parece un secuestro; que la niña continué en la casa, ya sea por su propia voluntad o en contra de ella; o que alguien terminase con su vida. Todas ellas son muy peligrosas y las primeras cuarenta y ocho horas son cruciales. Los secuestradores pueden ponerse nerviosos, o incluso es posible que las personas que la retienen deseen deshacerse de ella o que la niña simplemente aparezca.

—No creo que esté escondida, hemos registrado la casa palmo a palmo. Y tampoco pudo entrar nadie…

—Bueno, eso lo determinaremos nosotros, señor Roberts. Si tiene que avisar a su familia, este es el momento, pero pídales que no vengan aquí. Eso solo serviría para entorpecer la investigación. Les interrogaremos a los tres por separado, después a las dos criadas y a esos amigos que los acompañaban anoche —dijo el inspector.

—Pierre y Alissa Zimler.

—Creo que tenemos sus datos y la casa donde viven —apuntó Emine.

El inspector revisó su teléfono móvil, donde guardaba la información relevante y los informes en PDF. Asintió con un gesto y se dirigió de nuevo al hombre mientras levantaba la vista hacia la inmensa villa.

—Intentaremos ser lo más discretos posible. Oficialmente no hay ningún caso, esperamos que todo se resuelva pronto. No deseamos la publicidad de la prensa ni conflictos diplomáticos; por experiencia en otros casos sabemos que lo mejor es trabajar con calma y tranquilidad. No salgan de la casa, anulen todas sus citas y permanezcan localizables en todo momento.

—¿Estamos detenidos? Espero que no esté insinuando que somos sospechosos —insistió Charles, molesto.

—No insinúo nada. En la mayoría de los casos de desapariciones de menores la gente de su entorno tiene algo que ver. Mi misión es encontrar a su hija y le aseguro que lo haré. He resuelto el noventa por ciento de los casos de desapariciones que me han asignado en los últimos veinte años —dijo Kerim mientras se atusaba el pelo corto y rizado con canas en las sienes.

—¿Qué sucedió con el diez por ciento restante? —preguntó Charles.

—Supe lo que les había sucedido, pero no pude demostrarlo.

CAPÍTULO 7

Los acontecimientos parecían precipitarse por momentos. En cuanto Kerim y Emine salieron de la casa en dirección al restaurante, el teléfono del inspector sonó insistentemente hasta que se decidió a contestar tras comprobar que era Ozturk, el inspector jefe.

—Mierda —dijo antes de atender la llamada.

—Inspector Tumanyan, soy Ozturk. Tiene usted un caso muy importante entre manos, espero que no la cague. Ya sabe que está en el punto de mira desde el asunto de los kurdos. Al parecer el senador John Roberts se ha puesto en contacto con el ministro de Interior para pedirle que se haga todo lo posible para encontrar a su nieta. No podemos cometer errores. Dentro de dos o tres días el asunto saldrá a la luz pública, si no hemos encontrado a la niña estaremos de mierda hasta el cuello.

—Entendido, señor.

—Utilice todos los medios que necesite, los laboratorios, los especialistas, todo el sistema está a su disposición. Tenemos un juez que autorizará cualquier petición.

—Haremos todo lo que esté en nuestra mano para encontrar a Michelle, aunque no parece un caso sencillo. Yo diría que los padres ocultan algo —contestó Kerim en tono aséptico.

—Eso me importa una mierda. La niña tiene que aparecer cuanto antes, viva o muerta.

Cuando el inspector colgó, su compañera detectó la desesperación que enturbiaba su rostro. Kerim era una leyenda en el cuerpo. El agente que tuvo el expediente más limpio de toda la policía hasta el caso de los kurdos se encontraba en sus horas más bajas. Se había quedado viudo un par de años antes, un cáncer galopante de ovarios se había llevado a su querida esposa; no tenían hijos y el inspector parecía tan desesperado y perdido como la gente que se dedicaba a encontrar. No había nadie tan competente como él, pero tampoco tan descontrolado. Emine llevaba únicamente un par de meses con Kerim, pero ya lo conocía a la perfección. Su jefe intentaba mostrarse frío e indiferente, pero ella sabía que su compañero era todo lo contrario. Criado en Estambul y perteneciente a una humilde familia trabajadora, Kerim se había hecho a sí mismo y pertenecía a la generación de los hijos de campesinos desarraigados que había invadido las grandes ciudades en la década de 1960. Durante quince años había vivido en Alemania con su familia, lo que suponía una gran diferencia con el resto de sus compañeros. El inspector era sistemático, concienzudo e insobornable.

—¿Todo bien, jefe?

—¡Maldita sea! Ya sabe que no quiero que me llame jefe. Somos policías, no me importa esa mierda jerárquica; lo que sí deseo es que cumpla el protocolo. No entiendo por qué preguntó al señor Roberts sin mi permiso.

—Lo siento, solo quería cerciorarme de que teníamos los datos de las dos criadas —dijo Emine, borrando su eterna sonrisa de la cara.

—No es preciso que se cerciore de nada. He hecho este trabajo solo durante más de veinte años, no necesito una niñera.

La agente encajó mal el golpe. No era fácil ser mujer policía: sus compañeros la despreciaban, intentaban acostarse con ella o, en algunos casos, las dos cosas a la vez. Había sido una de los primeros de su promoción. Hablaba cuatro idiomas, dominaba varias técnicas de defensa personal y era experta en armas. Lo único que la diferenciaba de los policías masculinos era que tenía pechos y cerebro.

Kerim intentó concentrarse en el trayecto, olvidar todo lo que tenía alrededor; prefería ponerse en contexto antes de interrogar a los testigos. La mayoría lo hacía al revés: primero interrogaban a todo el mundo y después recomponían lo sucedido, pero el inspector tenía una especial habilidad para plasmar la situación y reconstruir los hechos. Emine lo había comprobado un mes antes, en el caso de la desaparición de dos gemelos en un campo de refugiados sirios. La policía no se había molestado en investigar lo sucedido, para ellos eran dos bocas menos que alimentar y dos problemas menos que atender. El inspector rescató el expediente de los archivos. Sabía que desde el comienzo de la guerra centenares de niños refugiados habían desaparecido, pero a nadie parecía importarle. Viajaron hasta el campo de Kilis, muy cerca de la frontera Siria, e investigaron los lugares en los que los niños solían estar, sus amigos, los profesores y la familia. Al final Kerim descubrió que un tío de los niños los había vendido a una red de tráfico de órganos que operaba en países ricos del Golfo Pérsico.

—Los señores Roberts se desplazaron en el coche de golf hasta el restaurante. Llegaron diez minutos antes de la cita, a eso de las nueve y veinte. Sus amigos lo hicieron con casi veinte minutos de retraso, como a las diez menos diez. A esa hora la señora telefoneó a la casa, pero la cuidadora no atendió la llamada, sino que le mandó un mensaje de texto. Llegaron caminando a la villa en torno a las once y media de la noche. Quien se llevara a la niña tuvo aproximadamente dos horas para hacerlo —dijo Kerim en voz alta.

—Eso es mucho tiempo —le recordó Emine.

—Tendremos que comprobar que las horas son exactas, pero en todo caso dispusieron de dos horas. Si intentaron sacar a la niña por mar, al menos necesitarían dos horas para llegar a la playa más cercana. La embarcación debía ser muy ligera, capaz de atravesar los riscos, y también tuvieron que desconectar o neutralizar el sistema de seguridad del jardín y la casa.

La mujer observó la calle y después miró a su alrededor. Aquella zona era la más segura y tranquila del país a pesar de estar tan próxima a Siria.

—Puede que la sacaran por el interior de la urbanización —apuntó Emine.

—Habrían llamado mucho la atención, a no ser que fueran empleados del complejo. Pero cabe la posibilidad de que lo hicieran, aunque yo me inclino a pensar que alguien los ayudó desde el interior. Los sistemas de seguridad son demasiado sofisticados, además los asaltantes o secuestradores son profesionales... —dijo Kerim—. Eso reduce el número de sospechosos. Un secuestro así únicamente puede haberse perpetrado para conseguir dinero o con fines propagandísticos. En nuestro país operan grupos terroristas de extrema izquierda, armenios, kurdos e islamistas. Puede haber sido cualquiera —comentó el hombre.

—También organizaciones criminales internacionales o los propios sirios que quieren que el mundo vea la situación de sus refugiados —señaló Emine.

El teléfono del inspector sonó de nuevo. En esta ocasión era uno de los policías que se encargaban de custodiar la casa.

—Señor, el chip de la niña se ha localizado.

—¿Dónde? —preguntó inquieto el hombre.

—En el fondo del mar.

CAPÍTULO 8

Los Smith salieron con su Jeep de la residencia en Rittenhouse Square, en una de las zonas más exclusivas de Filadelfia. Hillary conducía mientras Sam parecía entretenido mirando las calurosas calles de la ciudad. La noche anterior la temperatura había sido insoportable y habían encendido el aire acondicionado de su exclusivo ático, lo que le producía una persistente sinusitis. A Hillary le encantaba poner el aire acondicionado, aunque a veces él creía que lo que más le gustaba era hacer todo lo que le molestaba.

—Te dejaré en la oficina y regresaré a casa, mañana tengo que ir a Washington y me queda mucho trabajo por terminar —comentó su esposa.

—Nadie va a Washington a finales de julio, esa ciudad insalubre es capaz de matar a una persona sana.

—No exageres, querido, ya no estamos en la época de Thomas Jefferson, nadie muere de disentería o tifus allí —dijo Hillary socarronamente.

—Tiene un clima de mil demonios, por no hablar de la delincuencia, la contaminación y los miles de desagradables funcionarios que la habitan.

—Tu eres uno de ellos —bromeó la mujer.

—Lo siento, pero un senador electo no es un funcionario. Somos representantes del pueblo, ciudadanos con cargos políticos —puntualizó Sam.

—Llevamos ocupando un puesto en la cámara de representantes desde 1989, durante un cuarto de siglo, somos más viejos que algunos de los funcionarios que hay en el Capitolio.

Sam refunfuñó y volvió a concentrarse en las calles del centro de la ciudad. Sonó el teléfono y Hillary pulsó el botón del manos libres. Al ver un número con prefijo de otro país se asustó un poco. Sin duda era Charles, pero que tuviera que emplear un teléfono local en plena noche de Turquía era señal de que algo marchaba mal. Los Smith únicamente tenían dos hijos y una nieta, llevaban meses intentado encajar la pérdida de su querido Charly, y el sonido del teléfono aún les producía espanto.

—Hillary, soy Charles.

—¿Va todo bien?

Se hizo un silencio y los dos abuelos contuvieron el aliento.

—¿Le ha sucedido algo a Michelle?

Hillary había sufrido un duro golpe tras la muerte de Charly, además de descubrir un año antes la enfermedad de su hija y ver cómo se deterioraba paulatinamente. No podría soportar otro varapalo como ese.

—Lleva unas horas desaparecida. Creemos que se ha perdido por el complejo, pero este sitio es muy seguro. La policía local nos está ayudando. No llaméis a nadie, es mejor que todo se resuelva de forma tranquila y discreta.

Charles sabía que, tal y como ya habían hecho sus padres, los de Mary no tardarían en mover sus hilos en Washington, pero quería ganar algo más de tiempo.

—¿Cómo puede desaparecer una niña tan pequeña? ¿Dónde estaba esa maldita cuidadora normanda? —preguntó la mujer alzando la voz.

—Fue anoche, aún no sabemos nada. Os mantendré informados. Ya he llamado a mis padres. No hace falta que vengáis, simplemente estad atentos al teléfono.

Sam se acercó al volante, como si con ese gesto pudiera abrazar a su yerno.

—¿Cómo se encuentra Mary?

—Está bien, va tomando algunos tranquilizantes y se mantiene entera.

—Por favor, cuídala —dijo Sam con la voz ahogada, como si las palabras se agolparan en su garganta.

—La cuidaré, Sam.

La llamada se cortó y la pareja se quedó quieta, mirando al frente, sin hablar. Sam comenzó a llorar. Recordó a Charly, su vitalidad, la dulce presencia de su inocencia. Aquel niño representaba todo lo que la vida les había robado, la frescura, la ternura y la alegría de existir.

—Todo saldrá bien, Sam —dijo Hillary, posando su mano enjoyada sobre el regazo de su marido.

Se sentían como dos náufragos en una isla desierta, como si lo único que les uniera fuera el inmenso océano de sinsentido que los rodeaba. Solo a veces lograban sobrepasar las barrera de malentendidos, reproches y traiciones que los había convertido en extraños. Los dos habían sufrido en solitario la pérdida de Charly, pero Hillary necesitaba que esa vez fuera distinto. No soportaba la idea de que su nieta estuviera muerta.

—No podemos perderla, es lo único que me ata a la cordura en medio de este maldito huracán —dijo Sam, apoyando la cabeza en el regazo de su mujer.

—Moveremos cielo y tierra en Washington, no permitiremos que nos la arrebaten, cariño —dijo en un tono tan dulce que su esposo supo que ella no cejaría en su intento de encontrar a la niña.

Hillary dejó escapar unas lágrimas y comprendió que ya no podría parar de llorar. Se había convertido en una mujer fuerte, casi invulnerable, pero a cambio había perdido su instinto maternal, aquel cordón umbilical que la unía con los sentimientos más profundos. Notó que el corazón le dolía literalmente, pero supo que era bueno sentir de nuevo, dejar que las emociones fluyeran por los ríos secos de su alma.

CAPÍTULO 9

Mary intentó levantarse de la cama, pero los tranquilizantes apenas le permitían moverse. No entendía el afán de su marido por tenerla drogada todo el tiempo. No era tan frágil como él creía. Su hija la necesitaba y la única manera de encontrarla con vida era que le permitieran buscarla. No era la primera vez que Michelle se escondía. Ya lo había hecho un año antes tras la muerte de su hermano, era su manera de expresar la angustia o el miedo. Se escondió en el hotel y estuvieron más de diez horas buscándola; al final la encontraron en uno de los cuartos de la limpieza. Fue ella quien la halló: al oír su voz la niña había salido del cuarto y se había limitado a abrazarla. Cuando le preguntaron por qué lo había hecho, ella respondió que tenía miedo.

¿A qué puede temer una niña de cinco años? Se preguntó Mary. Naturalmente, a muchas cosas, pero ¿qué fue lo que la impulsó a esconderse? Después de pasar varios días medio ida por los tranquilizantes y tras el entierro, pudieron hablar las dos. La niña le explicó que lo que le daba miedo eran los gritos. Mary intentó que la niña fuera más específica, pero no pudo, la pequeña simplemente le habló de los gritos y después le hizo prometer que no le diría nada a su padre. La madre pensó que la niña podía haberle visto furioso o rompiendo cosas, en la época que ella presentó una denuncia por malos tratos psicológicos.

La mujer se pasó unos meses vigilando a Charles. Desconfiaba de él desde que su hija le había contado que tenía miedo de quedarse a solas con su padre, como si pensara que el accidente de su hijo no había sido fortuito, pero siempre llegaba a la misma conclusión: ¿por qué querría Charles hacer daño a los niños? Ella veía cómo los trataba, siempre había pensado que era el mejor padre del mundo, aunque en ese momento se encontraba hecha un mar de dudas. Nunca se había considerado una buena madre, de hecho, desde que su enfermedad empezó a avanzar, el poco instinto maternal que había tenido había desaparecido por completo.

Mary hizo un esfuerzo titánico por sentarse en la cama, observó la habitación en penumbra y se dirigió al pasillo. Caminó titubeante hasta las escaleras y vio al inspector, su ayudante y Charles hablando en el salón. Temía que le ocultasen algo, por lo que permaneció fuera de la vista, intentando escuchar la conversación.

—¿Cómo es posible que se haya detectado el microchip en el mar? —preguntó el inspector.

—No hay explicación. Puede que los secuestradores se lo arrancaran y lo lanzaran para que no se les pudiera seguir —dijo Charles.

—¿Cuánta gente sabe lo de los chips?

—Bueno, en cierto sentido cientos de personas. Todo el personal del complejo, los visitantes, los técnicos de mi compañía —comentó el hombre algo nervioso.

—¿Conocen el lugar en el que se implanta el chip? ¿Podría quitarlo alguien con facilidad? —insistió Kerim.

—Naturalmente, pero cuando el chip no está dentro del cuerpo humano emite una señal, dispone de un dispositivo térmico.

—Entonces, ¿podemos saber si Michelle está o no está en el fondo del mar? —preguntó Emine.

Al oír esas palabras Mary comenzó a bajar por las escaleras. ¿Cómo podían dar por hecho aquellos policías que su hija estaba en el fondo del mar?

—¡Son unos malditos incompetentes! En lugar de buscar a mi hija por todas partes se dedican a especular sobre si está o no en el fondo del mar.

—Tranquilícese, señora, entendemos que esté preocupada, pero debemos descartar todas las opciones. El chip que le implantó su marido está en el fondo del mar. Dudamos que una niña tan pequeña se lo haya quitado por sí misma. Por eso creemos que ha sido secuestrada o que… —Kerim no se atrevió a decir lo que pensaba. Aún era pronto para afirmar que la niña estaba muerta, pero por la experiencia que tenía de otros casos, muchos secuestradores se asustaban y terminaban matando a sus víctimas.

—Cariño, será mejor que descanses un poco —dijo Charles, subiendo unos pasos hasta la mitad de la escalera.

—¿Qué descanse un poco? Por tu culpa murió Charly y ahora Michelle ha desaparecido. Los niños te tenían miedo, no soportaban estar contigo a solas. Los psicólogos no lograron explicar el porqué, pero ahora lo veo todo mucho más claro, Charles —dijo la mujer, fuera de sí.

—¿Has tomado la medicación? —preguntó él.

Aquello la enfureció aún más. Mary empujó a su marido con fuerza y él perdió el equilibrio, se cayó de espaldas y se golpeó contra uno de los sillones.

Los dos inspectores corrieron a levantarlo. Acto seguido Emine ascendió por las escaleras e intentó que la mujer regresara a la habitación.

Cuando los tres se quedaron de nuevo solos, Charles comenzó a disculparse.

—Mi mujer está sometida a un gran estrés. Además, necesita medicación, su párkinson se encuentra en un estado muy avanzado.

—Si no se tranquiliza tendremos que…

Emine lanzó una mirada a su compañero para que se callara, la situación comenzaba a escapársele de las manos.

—Bueno, será mejor que todos nos calmemos. Es muy tarde y estamos cansados, mañana comenzaremos los interrogatorios. Mis hombres han buscado a su hija por todo el complejo sin resultados positivos, estamos visualizando las grabaciones, además de buscar algún pederasta sospechoso entre los empleados o residentes. Es cuestión de tiempo, les pido que confíen en nosotros.

—Les estamos muy agradecidos —contestó con desgana Charles. En realidad pensaba que la investigación era un desastre y que los turcos serían incapaces de encontrar a su hija con vida. Aquel país parecía desintegrarse por momentos y, a pesar de su experiencia en la lucha antiterrorista, Turquía había sufrido una oleada de atentados de diferentes facciones sin lograr dominar mucho la situación.

Kerim y Emine se dirigieron a la puerta y dieron las últimas instrucciones a los policías de guardia. Después salieron a la estrellada noche y comenzaron a caminar hasta el aparcamiento principal al otro lado de la urbanización.

—No veo nada claro este caso —comentó Emine.

—Al principio todos parecen igual de complejos, pero le aseguro que a medida que desenmarañemos todo, comenzarán a verse claramente las posiciones de cada uno.

—Esa mujer no está bien. ¿Me permitiría que la interrogase yo? —preguntó la subinspectora.

—¿Piensa que sus doctorados y másters son más importantes que mi experiencia?

—No, señor, pero tengo la intuición que se sentirá más cómoda con una madre…

Kerim la miró sorprendido. Hasta ese momento no se había dado cuenta de lo poco que conocía de su compañera.

—¿Tiene hijos?

—Sí, señor. Es lo único que me queda de mi primer matrimonio. Mi hermana me echa una mano, los policías pasamos demasiado tiempo fuera de casa.

—Está bien. Le daré una oportunidad, pero ha de prometerme que me informará inmediatamente de cualquier pista o cambio en la investigación.

Emine asintió y continuó el resto del trayecto en silencio. Pensar en su exmarido Sqar aún le producía escalofríos. Nunca creyó que algo así podría sucederle a ella. Emine se consideraba una mujer moderna, segura de sí misma y además era una agente de policía, pero nada de eso le sirvió ante el terror que su exmarido era capaz de producirle. Afortunadamente, todo aquello había ocurrido varios años antes, pero aún sentía un escalofrío al pensar en él.

Ahora su exmarido era más bien un viejo fantasma incapaz de asustarla, vivía en el otro extremo del país, tenía una orden de alejamiento y ella llevaba un arma reglamentaria. A veces le daba la sensación de que él mantenía contacto con gente de su círculo y que la vigilaba. Podía tratarse de simple paranoia, pero cada vez que bajaba al trastero, cruzaba una calle solitaria o entraba en el coche, intentaba cerciorarse de que estaba sola y de que su exmarido continuaba siendo parte del pasado. Si algún día le veía asomar el hocico no dudaría en dispararle, aunque eso supusiera que le retiraran la placa o la metieran entre rejas. Sqar no volvería a destruir sus vidas jamás.

Subieron al viejo Ford de la policía. El coche olía a tabaco y alcohol; Kerim solía llevárselo a casa y lo utilizaba como si fuera de su propiedad. Se dirigieron hacia la comisaría en silencio, contemplando las luces nocturnas. Durante un par de semanas tendrían que renunciar a sus propias vidas para investigar ese caso; para su compañero era fácil, nadie le esperaba en casa, pero ella se vería obligada a ajustar horarios con su hermana y mirar los rostros de sus hijos pequeños. Únicamente les quedaba ella, debía hacer de padre y madre, abandonarlos durante todo ese tiempo era lo mismo que negarles la posibilidad de criarse en un entorno sano y equilibrado. Su tía Fátima los quería mucho, pero nunca podría sustituir los besos y los abrazos de una madre.

CAPÍTULO 10

La playa estaba desierta y una brisa suave recorría la superficie de la arena casi blanca. Anna disfrutaba de sus primeros días de vacaciones en Miami y aún no se creía que su teléfono no parase de sonar. Había sido un año muy duro; adoraba su trabajo, pero todo tenía un límite. Levantó la vista tras las gafas de sol y observó los efectos que la luz producía sobre el agua turquesa. Sonrió levemente mientras sentía el calor sobre su piel morena y la curva de sus labios gruesos le formó hoyuelos en las mejillas. Llevaba el pelo largo y moreno suelto, y sus grandes ojos negros a veces parecían tornarse color miel por la luz tan intensa. Había pasado toda la vida entregada por completo a su trabajo y parecía ignorar a sus amigas cuando estas le aconsejaban que se casara y formara una familia. ¿Cómo iba formar una familia con sus horarios? Los hombres se sentían abrumados en cuanto ella les insinuaba a qué se dedicaba; de momento se conformaba con disfrutar muy de vez en cuando de algún hombre, sobre todo de aspecto mexicano. No podía olvidar sus raíces.

El teléfono sonó sobre la mesa de mimbre y ella lo miró con indiferencia. En azul claro aparecía el nombre de su jefe. Titubeó unos instantes; estaba dispuesta a no atender, pero si su jefe se había tomado la molestia de llamarla desde sus vacaciones en la Rivera

Maya, el asunto tenía que ser verdaderamente importante. Alargó el brazo con pereza y tocó la pantalla.

—Anna, gracias por contestar. Lamento interrumpir tus vacaciones, pero qué dirías si la Agencia te invitara con todos los gastos pagados a un viaje a la costa del Mediterráneo.

—Diría que han secuestrado a las hijas del presidente de Estados Unidos en algún maldito yate en la costa italiana o griega.

—Casi aciertas. No es la hija del presidente, pero es la nieta de cuatro peces gordos de Washington, que para el caso es lo mismo. La niña tiene cinco años y lleva más de veinticuatro horas desaparecida. La policía turca está dando palos de ciego y el tiempo apremia. Si aceptas el caso te prometo prolongarte las vacaciones hasta septiembre —dijo el jefe desde el otro lado de la línea.

La mujer se lo pensó unos segundos. Llevaba cuatro días en la playa, disfrutando de la lectura en su Kindle y del inmenso océano, pero era consciente de que no podría seguir haciéndolo mientras una niña a la que podía ayudar sufría en el otro extremo del mundo, aunque fuese una cría consentida de una buena familia de políticos casposos.

—Está bien. Necesito recoger mis cosas…

—No hagas la maleta. Un helicóptero te espera en el hotel para llevarte directamente a un *jet* que te dejará en Turquía dentro de diez horas. Cuando llegues al hotel tendrás ropa de tu talla, zapatos y todo lo que necesites. En el avión privado te facilitarán armas, todos los datos de la desaparición y tus contactos turcos. Trabajarás sola, no te preocupes.

Anna se quedó en parte sorprendida por el despliegue del FBI; no era nada normal que actuara fuera de casa y realizara todo ese despliegue.

—Pero ¿qué habría pasado si hubiera dicho que no?

—Eso es imposible. Te conozco desde hace diez años, cuando entraste en el cuerpo de antisecuestros, y nunca has dicho que no.

Sabía que tenía razón, en su mente pesaba mucho lo sucedido cuando tenía nueve años, aunque prefería no recordarlo. Todos aquellos niños la recordaban a ella misma, a su propio calvario y al miedo que sentían esas criaturas encerradas por delincuentes o psicópatas.

—De acuerdo, te mantendré informado —dijo Anna, y colgó el teléfono.

Se dio unos segundos y cerró con fuerza los párpados. La intensa luz aún penetraba en sus ojos, pero su tono era rosado, como en aquella granja apartada de Nuevo México. Una gran cadena le impedía abrir la puerta y el único mundo que podía contemplar era el que se percibía entre los listones de madera desgastados y putrefactos. Tenía calor, hambre y miedo. No le gustaba estar sola durante el día, pero le aterraba más la noche, cuando él regresaba y le ofrecía helados, comida y golosinas. Sabía que no era la primera niña que retenía. Había descubierto objetos de al menos otras dos menores. A sus nueve años era lo bastante avispada para saber que aquel hombre de gafas redondas, calvo y con el cuerpo cubierto de vello negro y espeso terminaría por matarla. Todos los días rezaba para que Jesús la sacara de aquel infierno, todas las mañanas se despertaba en el mismo lugar. Supo desde ese momento que Dios ayudaba a los que se ayudaban a sí mismos y que el miedo te destruye o te hace mucho más fuerte.

CAPÍTULO 11

Charles a veces le tenía miedo. Le habría costado reconocerlo en alto, pero cuando Mary se ponía agresiva había algo aterrador en su mirada. Parecía fuera de sí, capaz de cualquier cosa. Llevaban un tiempo durmiendo en camas separadas, en cuartos distintos, y él lo agradecía. En ocasiones echaba el pestillo y se sumía en un sueño ligero, atento a cualquier ruido. También le asustaba lo que pudiera hacer a los niños. No es que él dudara del amor de su mujer por los hijos, pero durante sus crisis no parecía ella. Aún intentaba recordarla como aquella guapísima estudiante de pintura, como la rebelde que se negaba a cumplir con horarios establecidos o entrar en el juego de familias perfectas que sus padres querían que interpretara. Nadie era tan auténtica como Mary, tan libre de prejuicios e inquieta, pero su enfermedad la llevaba poco a poco hacia la locura, alejándola más y más de la persona que había sido.

Se preguntaba si sería capaz de hacerle algo a Michelle y enseguida se respondía que no, pero su comportamiento desde que llegaron a Turquía había sido errático y misterioso. Al principio se había quejado por todo, después parecía ausente, siempre inmersa en sus pensamientos, en sus proyectos locos y su negación de la enfermedad, pero justo esa noche era otra mujer. Sensual, alegre, despejada y turbadoramente cuerda. ¿Cómo era posible? ¿Por qué precisamente el día en el que su hija estaba a punto de desaparecer?

Ella se había empeñado en acusarlo de la muerte de Charly, aunque aquel día habían sucedido también cosas misteriosas. Mary había salido de la habitación de madrugada sin dar explicaciones. Después había regresado al hotel en los Alpes completamente helada. Al entrar en la habitación aún llevaba el frío en la ropa y después se había acostado como si nada.

El psiquiatra le había advertido de los cambios de humor de su esposa. También les había recomendado que siguieran una terapia juntos y que ella tomase medicación para combatir la depresión y el estrés, pero Mary se había negado de forma reiterada. Lo más duro de vivir con una persona enferma no era la enfermedad en sí, lo realmente difícil era luchar en campos separados, como si fueran dos enemigos empeñados en amargarse la vida el uno al otro. Charles siempre había sido hedonista, caprichoso y colérico, pero ahora su carácter estaba controlado y su familia era lo primero. Mary continuaba recordando cada error que había cometido, como si la culpa fuera más poderosa que el amor y el deseo de que las cosas cambiasen entre ellos.

Oyó un ruido y notó que el corazón le daba un vuelco. Se dirigió al pasillo. Sabía que no tenía nada que temer del exterior, varios policías vigilaban los alrededores, pero lo que de verdad le atemorizaba se encontraba dentro de la casa. Bajó las escaleras y se dirigió a la cocina. La nevera estaba abierta y de repente Judith se incorporó con una cartón de leche en la mano. La cuidadora se asustó tanto que el envase le cayó al suelo.

—Lo siento —dijo Charles tomando el cartón.

—Me has dado un susto de muerte.

—Estamos todos algo nerviosos, es normal. ¿No podías dormir?

La chica negó con la cabeza y comenzó a sollozar. Charles dio dos pasos y la abrazó. Las lágrimas de Judith no tardaron en derramarse de sus grandes ojos.

—Lamento lo sucedido. Es culpa mía —dijo la joven apartándose un poco.

—Tú no eres la culpable. Descubriremos qué ha sucedido.

Judith se sentó en una de la banquetas y sirvió un poco de leche fría en un vaso.

—¿Podrá Michelle beber leche?¿Quién la arropará esta noche?

Aquellas palabras le rompieron el corazón a Charles. Pensó en su hija, su pequeña completamente sola, y dio un largo suspiro, intentando contener las lágrimas.

—La encontraremos —insistió, intentando convencerse así mismo.

—La noche de ayer fue como cualquier otra. Jugamos un poco cuando os fuisteis, quería que se cansara. No está acostumbrada a que no estéis ninguno de los dos con ella. Mary no le presta mucha atención, pero la niña está más tranquila si la ve cerca. Después le di una cena muy ligera, por las noches siempre acumula gases y le duele la tripa; luego leímos un par de cuentos. Se durmió profundamente y me fui a mi habitación a leer. Me entretuve un poco con el móvil, echo de menos a mi familia. No recuerdo nada más, me quedé profundamente dormida.

—¿No oíste el teléfono?

La joven negó con la cabeza.

—¿No escribiste el mensaje de texto?

—Sé que el mensaje estaba en el teléfono, pero no recuerdo haberlo escrito.

Charles se tocó el mentón con barba de dos días, no entendía qué había sucedido la noche de la desaparición de su hija. La policía había analizado la sangre de la joven para ver si le habían administrado algún tipo de sustancia, ya fuera en la bebida o en forma de espray, pero aún no tenían los resultados.

—Todo se aclarará —dijo Charles, abrazándola de nuevo.

La joven no se resistió. Sintió el cuerpo caliente del hombre, sus músculos tensos y dejó de pensar. Se puso de puntillas y le besó los labios. Sabía que aquello no era apropiado. Charles estaba casado y ella trabajaba para la casa, pero ya había superado todas aquellas barreras. Él se sentía profundamente solo y triste, ella estaba a miles de kilómetros de su familia y se sentía atraída por aquellos grandes ojos, aquel cuerpo fuerte y maduro.

Mientras se besaban, el hombre sintió en las yemas de los dedos el poder de sus caricias. Aquella piel suave y el calor que desprendía lo unían a la vida. Echaba de menos la juventud, la dulce sensación de inmortalidad que rodeaba a los primeros años de vida, cuando todo era futuro y nada parecía interponerse en su destino. Sabía que lo que estaba haciendo era deplorable, pero se sentía tan solo y atrapado que simplemente se dejó llevar.

Se dirigieron al salón y se tumbaron sobre uno de los inmensos sofás de piel blanca. La joven se desprendió de su camiseta y dejó que sus pechos pequeños saltaran ante los ojos del hombre. Mientras hacían el amor en silencio no percibieron que alguien los observaba a distancia. En aquel momento el único lenguaje que entendían era el de las caricias y no había nada más importante en el mundo.

CAPÍTULO 12

El *jet* privado contaba con todas las comodidades. Los sillones de piel eran inmensos y con respaldo abatible hasta quedar casi horizontal. Tenía un mini bar, televisión por cable, libros, ropa para cambiarse, una ducha y le habían facilitado un portátil, un teléfono y una *tablet* con todos los informes. Anna se recostó en el asiento, llevaba cinco horas de vuelo y, aunque había descansado un poco, comenzaba a sentirse realmente agotada. La noche anterior había dormido de un tirón, estaba relajada y su cuerpo había ganado un par de kilos gracias al reposo. Tanta relajación le impedía dormir. Tomó los informes y comenzó a repasarlos de nuevo.

Los Roberts, como su jefe le había comentado, pertenecían a dos de las familias más poderosas de Estados Unidos. Ninguno de ellos había optado a la Casa Blanca, pero tampoco les hacía falta. A veces dinero, poder y discreción eran mucho más valiosos que el Despacho Oval. El señor Roberts era un genio a la hora de crear empresas de tecnología y seguridad. Sus inicios habían sido fáciles, pero había sabido emplear el dinero que le prestaron sus padres. Mary tuvo una carrera más modesta y breve como cirujana, que abandonó para dedicarse por completo a sus hijos. Después había venido su párkinson, que le impedía operar. Parecían una pareja feliz que disfrutaba de su intimidad en Inglaterra, lejos del ruido mediático, las revistas de papel cuché y los focos de las cámaras. La muerte de su hijo Charly un año antes parecía la única nube negra en su vida perfecta.

Los Roberts cumplían todos los requisitos para sufrir un secuestro. Tenían mucho dinero, influencia política y tirón mediático. Si se trataba de unos terroristas, las noticias se verían en todo el mundo. Además, en Turquía operaba el PKK kurdo, el grupo terrorista de extrema izquierda DHKP y los extremistas islámicos de Hezbolá y Al Qaeda. Por no hablar de varias organizaciones mafiosas como los Lobos Grises en el mar Negro, los turcochipriotas en la región kurda y sus ramificaciones en el Reino Unido y Alemania. El trabajo no iba a ser sencillo; Turquía parecía un país a punto de estallar en mil pedazos. El gobierno conservador islámico intentaba controlar el país con mano férrea, pero el descontento social, el auge del fundamentalismo y los intentos secesionistas de los territorios independentistas impedían un grado mínimo de estabilidad. La guerra de Siria y los conflictos en los demás territorios de la zona no contribuían a mejorar la situación.

Era la primera vez que viajaba a Turquía; aunque en la academia había perfeccionado su árabe y conocía bien la cultura, nunca había visitado el país. En los últimos años todas las agencias se habían centrado en el fundamentalismo islamista, pero les costaba comprender la mentalidad musulmana. Anna tenía ventaja en ese sentido, su madre era libanesa y ella se había criado rodeada de musulmanes, aunque se sintiera más mexicana que musulmana.

En Occidente no se entendía la importancia que la religión tenía en los países islámicos: para ellos cada acto de la vida estaba inspirado en el Corán y el mundo era inseparable de sus creencias.

Anna dejó el iPad en la mesa e intentó relajarse un poco. Le quedaba la segunda mitad del viaje y quería llegar a Turquía lo más descansada y despejada posible. Debía poner sus cinco sentidos en marcha. La vida de una niña dependía de ello. Cerró los ojos y dejó que su mente se relajase poco a poco, pero su cerebro enseguida comenzó a repasar todos los datos, como si aquel acto de relajación la llevara a un estado de concentración mayor en el que podía ver con más claridad. La casa, la forma de la desaparición, la pérdida del otro hijo apenas un año antes, la vida de los padres, el estatus de la familia y la situación política del país. En su cerebro todo aquello parecía un ovillo totalmente enredado, sabía que únicamente tirando poco a poco del hilo llegaría a desenmarañarlo todo y salvar a Michelle.

CAPÍTULO 13

Kerim tomó a sorbos rápidos el té frío y dejó la vieja casa en el centro de la ciudad. Siempre sentía el mismo tipo de alivio cuando abandonaba aquel lugar. Desde la muerte de su esposa, su hogar se había convertido en un sitio inhóspito y desolado. Las paredes se desconchaban, la humedad carcomía los tabiques y los viejos muebles acumulaban polvo mientras él intentaba huir desesperadamente de todo lo que recordada a su mujer. No tenía nada, cuando se jubilara se convertiría en un vagabundo; lo único que aún le hacía levantarse cada mañana era el trabajo, salvar a esos niños y sacarlos del infierno creado por los adultos a su alrededor. Sabía que era muy competente. Tenía instinto, agallas, constancia y no le importaba nunca de quién se tratase. Para él solo eran niños desesperados que necesitaban urgentemente escapar de sus captores.

La guerra en Siria había disparado el número de menores desaparecidos, pero como la mayor parte eran refugiados, a las autoridades no parecía importarles demasiado. Por eso su actuación contra una mafia kurda que secuestraba y vendía a niños en el mercado negro le había costado casi la expulsión del cuerpo. Sus superiores no deseaban que removiera la mierda en la que estaban metidos algunos grupos independentistas, pensaban que agitar el avispero era una temeridad, aunque lo que realmente estaba detrás de esa supuesta prudencia eran los tentáculos de la mafia dentro del cuerpo de policía. La corrupción era tan generalizada que apenas había una institución que se librase de ella. El viejo sueño de Atatürk de crear una república laica, fuerte y justa parecía cada vez más lejano.

Kerim no era precisamente un idealista, pero le costaba entender el mundo, aquel país tenía poco que ver con el de su infancia. Las viejas costumbres de familia, clan y orden se habían transformado en individualismo, radicalismo y corrupción.

Recorrió las calles empedradas y salió a la vieja avenida para buscar el coche. Miró de frente el parachoques medio hundido y las diferentes capas de pintura del vehículo y pensó que el mundo al que pertenecía desaparecía a ojos vista. Su ayudante Emine se lo recordaba constantemente. Una mujer en el cuerpo servía para satisfacer a los laicos, pero ocultaba la profunda desigualdad de la sociedad turca. Estaba seguro de que su compañera interpretaba su rechazo como machismo, pero en el fondo era simple rebeldía ante la fachada de modernidad que buscaba el gobierno sin terminar de solucionar el problema real de desigualdad.

El motor arrancó al tercer intento y Kerim avanzó en medio de una gran nube de humo negro. Esa mañana pasaría a recoger a su compañera por la comisaría. Debían llegar temprano a la villa para comenzar los interrogatorios.

Sentía la espada de Damocles sobre su cabeza, aquel podía ser su último caso. Incluso pensaba que sus superiores podían apartarlo en cualquier momento. Los padres de la niña desaparecida tenían muchas conexiones políticas y su país siempre estaba dispuesto a apoyar al «amigo americano». Kerim sabía todos los trabajos sucios que Turquía había realizado para Estados Unidos, ese era el precio de estar en la OTAN, escapar de la órbita rusa e intentar liderar

Oriente Próximo. Kerim había luchado en la Segunda Guerra del Golfo y sabía de lo que hablaba.

La mujer lo esperaba de pie enfrente de la fachada decrépita de la comisaría. Sonrió al verlo, pero fue más un acto reflejo que verdadera amabilidad. Se había puesto un traje de chaqueta gris y zapatos negros de tacón bajo. Sin duda era una mujer muy atractiva, aunque intentaba vestir discretamente para no levantar suspicacias en el cuerpo.

—Buenos días, inspector Kerim —dijo mientras entraba en el coche.

Un intenso olor a perfume invadió el vehículo, que normalmente hedía a tabaco.

—Buenos días. Espero que haya descansado, hoy tenemos un día muy largo por delante.

—No he descansado mucho. He estado organizando toda la información sobre los testigos que vamos a interrogar —dijo la mujer mientras comenzaba a abrir los expedientes sobre el regazo.

—Yo prefiero pensar en sospechosos. Ya sé todo eso que le enseñaron en la academia de que un sospechoso es inocente hasta que se demuestre lo contrario. Yo creo que todos son culpables hasta que se demuestre lo contrario.

La mujer no replicó: sabía que le gustaba provocarla, así que no entraría en el juego. Kerim era un excelente profesional, pero a veces le faltaba un poco de mesura.

—Ayer consiguieron dar con Esen, la mujer que no se presentó al trabajo, y también vendrá al interrogatorio la otra criada, Berna. Hablaremos con Judith, la cuidadora de Michelle; con los amigos franceses; con miembros de la seguridad que estaban de guardia esa noche y con los padres —dijo Emine intentando resumir lo que sería una jornada interminable.

—Espero que podamos realizar todos los interrogatorios hoy.

—Había pensado que si interrogaba yo a las mujeres, además de a la señora Roberts, ahorraríamos tiempo —comentó Emine.

Kerim frunció el ceño y se volvió hacia su compañera. Llevaba meses intentando tomar más protagonismo en las investigaciones, pero sabía que en este caso tenía razón. El tiempo apremiaba, el comisario y el ministro estaban pendientes del asunto y al cabo de poco comenzarían a llegar agentes norteamericanos o de la Interpol para meter las narices en la investigación.

—Está bien, pero manténgame informado en todo momento. A la madre la interrogaremos los dos…

—Creo que se sentirá más relajada conmigo —comentó la mujer, sabiendo que su jefe se iba a enfadar.

—¡Maldita sea! ¡Por más oportunidades que le doy no aprende! Todavía no está preparada para llevar un caso como este. Tiene que ser más paciente, el trabajo de un policía no es sencillo y menos en un lugar como este. Sé que quiere resolver el caso y convertirse en inspectora, la primera mujer que lo conseguiría en la ciudad, pero si comete un error o da un paso en falso, todos los que desean verla fracasar se lanzarán sobre usted. La interrogaremos juntos —concluyó Kerim mientras recuperaba poco a poco el sosiego.

Llegaron a la urbanización y, tras mostrar sus identificaciones, se dirigieron al puesto de control. Eran poco más de las ocho de la mañana y no querían importunar a los padres de Michelle, que seguramente no habían pasado una buena noche. Primero volverían a hablar con el jefe de seguridad.

El día anterior algunos policías habían interrogado a los guardias, pero no se fiaban de la capacidad de sus compañeros para logar extraer información fiable. No se habían molestado en mirar los informes más allá de los datos generales y los horarios de vigilancia. Después hablarían con el jefe, un alemán que llevaba media vida viviendo en Turquía.

Dejaron el coche junto al edificio de control y caminaron por un sendero hasta la puerta principal. Desde el exterior el edificio parecía una casa más de la urbanización, pero enseguida destacaban unas gigantescas antenas y un pequeño cartel que ponía «Seguridad».

En cuanto abrieron la puerta, Kerim dejó pasar a su compañera y ambos caminaron por un pasillo hasta que un hombre alto y musculoso salió a recibirles.

—Inspectores, por favor, síganme por aquí —dijo el hombre con voz ronca. Su uniforme azul de aspecto paramilitar le quedaba muy ceñido, como si quisiera dejar claro su estado físico. No parecía turco, pero no lograron identificar el acento.

El hombre los llevó hasta un despacho, llamó a la puerta y les indicó que pasasen.

Roger Milman se puso en pie y les extendió su mano blanquecina.

—Señores, por favor, tomen asiento.

Los dos inspectores se sentaron y observaron la pequeña habitación. En la pared del fondo había una docena de monitores colgados de la pared y en la mesa del escritorio descansaba un enorme ordenador.

—Ayer no estaba en la ciudad, casualmente me encontraba en un viaje de la empresa. El sistema de seguridad de esta urbanización es un proyecto piloto y estuve en un congreso en Italia.

—Gracias por recibirnos —respondió el inspector escuetamente.

—Me he permitido escribir el informe de las declaraciones de mis hombres, aunque sé que los han interrogado.

—Preferiríamos volver a interrogarlos —dijo Kerim en tono cortante.

—No los he convocado, ayer tuvieron un día largo y difícil. No entrarán en servicio hasta mañana —adujo el jefe de seguridad, intentado esquivar al policía.

—No me sirven las declaraciones, tampoco el interrogatorio de ayer, yo siempre hablo directamente con todos los testigos —puntualizó Kerim, que comenzaba a perder la paciencia.

—Lo lamento, los vigilantes no observaron nada anómalo, tampoco ningún fallo de seguridad o un sensor activado. Fue una noche especialmente tranquila.

Kerim se puso en pie. No era un hombre muy corpulento, tampoco parecía tan joven como el alemán, pero cuando perdía los estribos era capaz de intimidar a cualquiera.

—Si no trae esta tarde a esos hombres, jamás volverá a ejercer su trabajo en Turquía. ¿Ha quedado claro?

El alemán le miró sorprendido. No se esperaba aquella reacción, ni que le amenazase. Conocía los métodos poco ortodoxos de la policía turca, pero aquello le pareció un verdadero atropello.

—No le consiento…

El inspector tomó al alemán de las solapas y lo levantó con fuerza, empujando el ordenador a un lado. El jefe de seguridad no intentó defenderse, no quería pasar ni un minuto en una cárcel turca.

—Ha sido un malentendido, los tres guardias estarán esta tarde —contestó el alemán.

—Eso está mejor —replicó Kerim mientras dejaba de apretar con los puños cerrados las solapas del hombre. Después le sonrió y se sentó como si no hubiera ocurrido nada.

Emine le lanzó una mirada de reproche. Odiaba la merecida mala fama de la policía turca. Constantemente salían en las noticias internacionales por sus abusos de poder o violencia, pero intentó calmarse y no decir nada.

—Ahora quiero que me repita cómo funciona ese maldito sistema de seguridad suyo, después me pasará una lista de las entradas y salidas a la urbanización entre las 20:00 y las 00:00 horas. Por último la localización de las seis personas con acceso a la casa y los dos invitados del matrimonio Roberts.

—Son ocho.

—¿Cómo dice? —preguntó el inspector.

—En la lista de ayer no incluyeron al jardinero y su ayudante. Solo entran en la casa dos veces por semana, pero tienen acceso a ella.

Emine tomó nota de todo lo que el jefe de seguridad iba diciendo. Dos nuevos sospechosos alargarían la dura jornada de interrogatorios.

—Quiero sus nombres.

—Se los mando por correo electrónico —dijo Roger.

—Necesitamos también un plano de toda la urbanización, del alcantarillado, túneles de canalización de servicios y los planos de la villa.

—Se lo adjunto al nombre de los dos jardineros —comentó el jefe de seguridad mientras continuaba tecleando.

El calor aumentaba por momentos, Kerim se desabotonó el cuello de la camisa y se desanudó un poco la corbata. Miró la trampilla del aire acondicionado, pero no parecía salir nada de ella.

—Tenemos la climatización estropeada desde la noche que sucedió la desaparición. Hoy lo arreglarán sin falta. Bueno, nuestro sistema de seguridad es muy sofisticado: además de los tradicionales sistemas perimetrales e infrarrojos, también tenemos detección microfónica, así como barreras IR en puertas y ventanas. Entre las farolas del jardín hay un sistema de infrarrojos que se activa en toda la urbanización por la noche. Es imposible que alguien se mueva sin ser detectado. Además de la iluminación sorpresiva y las cámaras de televisión —comentó el hombre con orgullo.

—Sí, pero al parecer nada de eso ha sido suficiente —le recriminó el inspector.

—Lo más avanzado en tecnología son los microchips que insertamos en la piel de empleados y residentes, incluidas las visitas. El microchip se tiene que renovar cada mes y únicamente se activa en la urbanización; no podemos saber lo que hace la gente fuera, pero dentro podemos determinar si está en su casa, en el jardín o en cualquier otro sitio.

—¿Deja algún tipo de rastro? —preguntó Emine.

—El ordenador central guarda durante cuarenta y ocho horas las entradas y salidas en las casas. Cada microchip tiene una clave numérica diferente, así podemos localizar a todo el mundo en cualquier momento. Observen —dijo pulsando una tecla. En los monitores del fondo apareció plano de la urbanización. Tres luces brillaron en uno de los edificios.

—¿Quiénes son? —preguntó Kerim.

—Somos nosotros tres. Las identificaciones que les dimos al principio también llevan un chip oculto. Si quisiéramos ver más detalles deberíamos pedir autorización al sistema, al igual que para observar en el interior de las casas. No queremos traspasar la barrera de la intimidad de nuestros clientes.

—Deberían haber avisado de que nos controlaban con un microchip —dijo el inspector, enfadado.

—Lo lamento.

—Está bien. ¿Esa noche hubo algún intruso en la casa? —preguntó el inspector.

—No, no hubo entradas o salidas anormales.

—¿A qué hora aparece Michelle fuera de la vivienda? —inquirió Emine.

—Eso es lo más extraño. Según los monitores la niña estuvo en la casa hasta que de repente se localizó su microchip en el mar.

—¿Es eso posible?

El jefe de seguridad miró al inspector. No sabía qué responderle, todo lo sucedido no parecía seguir ninguna lógica.

—Da la sensación que alguien lo arrojó al mar a las pocas horas.

—¿Cómo se pueden extraer los microchips? —preguntó el inspector.

—No se pueden extraer, únicamente arrancar.

—¿Arrancar?

—Sí, alguien le cortó un dedo o una oreja y lo lanzó al mar. Es la única explicación.

CAPÍTULO 14

Una de las peores sensaciones del mundo es el estancamiento del tiempo en un punto determinado. Ella ya había experimentado esa sensación con la pérdida de Charly. Durante meses únicamente existía ese instante, cuando lo tuvo en brazos en medio de aquella inmensidad blanca. Posteriormente comenzó a invadirla un gran vacío, ya no la satisfacía ni aquel instante aterrador. El mundo era un inhóspito lugar deshabitado. A veces sufría sofocos, después escalofríos inexplicables y en muchas ocasiones se levantaba bañada en sudor. La muerte de un hijo era algo difícil de compartir con los demás. Dejaba un hueco que nada ni nadie podía llenar de nuevo. Los sentimientos se anestesiaban, como si viera la vida a través de una cámara en blanco y negro. Incluso los sentidos parecían embotados, las comidas insípidas, un mundo sin olor ni color.

Mary se levantó de la cama medio aturdida. No había dormido mucho, pero tenía la cabeza aturdida por los tranquilizantes. Recordaba vagamente la noche anterior, pero las imágenes le venían en ráfagas, sin orden ni lógica. Tampoco podía retener en la memoria lo sucedido la noche de la desaparición de Michelle, la conversación con sus amigos, el regreso caminando o la búsqueda por la casa.

Cuando intentaba hacer memoria se veía a sí misma desdoblada, fuera de su cuerpo y con la sensación de flotar.

Se acercó al baño, se sentó en el suelo y vomitó en la taza del inodoro antes de lanzar las pastillas que debía tomar ese día. No podía pensar con claridad con toda esa medicación. Intentó recordar cuando aún se encontraba bien y los cuatro parecían una familia feliz, pero en lugar de esos momentos aparecían otros menos agradables, como si un evocación apagada durante años intentara volver a su mente.

A veces creía que Charles quería volverla loca. No se sentía como una enferma, los medicamentos, más que ayudarla la convertían en una autómata sin sentimientos, ajena a todo lo que la rodeaba, pero después lo pensaba mejor. ¿Por qué su marido iba a hacerle algo así? Era la persona que más la quería en el mundo.

Se puso un pantalón corto verde, una blusa del mismo color y se miró en el espejo. Tenía unas ojeras profundas, la piel cetrina y el pelo sucio y revuelto. Se lo recogió en una coleta y bajó a la otra planta.

Sus pasos era titubeantes, pero logró llegar al salón. Allí estaban Berna y Esen, las dos mujeres que la ayudaban en casa. La saludaron e intentaron expresarle su pesar, pero ella no les hizo mucho caso, les pidió que le preparan un café bien cargado y se dirigió al jardín. Antes de salir se puso las gafas de sol y ocupó una de las tumbonas.

El cielo estaba despejado y la luz era muy intensa. Aquello era precisamente lo que más le gustaba de los países mediterráneos, casi todo el invierno lo pasaba en la gris Inglaterra y aquel sol le hacía sentirse en parte viva.

Esen le llevó el té y lo dejó sobre la mesita.

—Esen, ¿por qué no viniste ayer?

—Mi hijo Alí se puso enfermo y tuve que quedarme en casa para cuidarlo. Sus hermanos son también pequeños y mi esposo trabaja en una refinería.

—¿Notaste algo extraño el día anterior? Me refiero en Judith, la casa o en mi esposo.

—La niña parecía algo irritable, moqueaba un poco, pero aparte de eso no hubo nada fuera de lo normal.

—¿Yo tuve algún comportamiento extraño?

La mujer se quedó en silencio por unos momentos. Su cara estaba prematuramente envejecida por las arrugas, pero su gesto preocupó a Mary.

—¿Qué pasó? —le preguntó.

—Tuvo una discusión acalorada con Judith. No les entendí bien, pero creo que era sobre su marido. La chica se fue a su cuarto llorando, Michelle se puso muy nerviosa y me la llevé al jardín delantero.

—No recuerdo nada. Dios mío, estoy perdiendo la cordura.

—Imagino que había tomado muchas pastillas —apuntó la asistenta con la cabeza gacha.

—Gracias —dijo Mary. Alargó la mano hacia el té humeante y comenzó a beberlo en pequeños sorbos.

Oyó el sonido del timbre y se incorporó en la tumbona. Miró al interior de la casa y vio que los dos inspectores entraban en el gran recibidor.

Lamentó la llegada de los intrusos, sentía que la cabeza le iba a estallar, pero al menos parecía estar más despierta que con la medicación.

—Señora Roberts, esperamos no importunarla. ¿Dónde está su esposo?

—No lo sé —respondió ella, mirando al inspector.

—Dimos orden de que no abandonaran la casa.

—No lo he visto, acabo de levantarme.

Kerim se sorprendió de la frialdad de aquella mujer. Su hija se encontraba desaparecida y su otro hijo había muerto, pero ella mostraba una total indiferencia.

—Queremos hablar con sus empleadas, pero en un rato nos gustaría hacerlo con usted.

—Me parece bien —contestó Mary, antes de volver a recostarse como si aquella breve conversación la hubiera dejado agotada.

Kerim vio algo en la cala y se asomó a la barandilla de cristal. Charles salía en ese momento del agua y se secaba con una toalla blanca.

—Emine, comience los interrogatorios al servicio, yo bajaré a hablar con el padre.

La mujer hizo un gesto afirmativo y entró de nuevo en la casa. Antes de bajar a la playa Kerim contempló fugazmente a su compañera. Admiraba a aquella mujer, comenzaba a sentir cosas que le asustaban, pero intentó quitarse esas ideas de la cabeza. El inspector bajó las escalinatas de piedra hasta llegar a la arena blanca. La playita era encantadora, una pequeña cala redondeada con dos tumbonas de madera, dos mesitas y dos sombrillas de paja.

—Señor inspector. Si quiere subimos y me pongo algo de ropa.

—No se preocupe, podemos hablar aquí mismo. Tómelo como una charla informal más que un interrogatorio. Los dos perseguimos el mismo objetivo, encontrar a su hija.

El hombre pareció relajarse, se cubrió los hombros con la toalla y se sentó en una tumbona.

—Necesitaba despejarme un poco. No he podido dormir en toda la noche, es como si la pesadilla de hace unos meses se repitiera.

—Dos golpes tan duros como los que usted ha sufrido impactarían a cualquiera. Si lo desea podemos enviarle a un psicólogo especializado en este tipo de situaciones.

—Es muy amable, inspector, pero creo que puedo superar esto yo solo.

—¿También su esposa? —preguntó el policía con la intención de que Roberts le hablara un poco más sobre ellos y su relación.

—Llevamos toda la vida juntos. Hemos sido muy felices, aunque ahora la vida parece darnos la espalda —comentó mientras su mirada se perdía en el horizonte.

Kerim contempló el mar azul y el cielo prácticamente despejado. Recordó cuando su mujer y él paseaban por la playa los sábados y las comidas junto a la orilla. Desde que ella murió, tenía la sensación de que el mar había dejado de existir para él.

—Le entiendo, yo he perdido a mi esposa recientemente. Es muy difícil de superar.

Charles le sonrió, pero su rostro expresó más pesar que alegría, como dos viejos amigos que, al descubrir su alma, son conscientes de que no sufren en completa soledad.

—¿Cómo definiría su relación matrimonial?

—Creo que el matrimonio pasa diferentes fases. Uno desea conquistar a una mujer, la ambiciona, después surge la pasión, que se transforma en sentimientos y termina por convertirse en costumbre.

El inspector notó la brisa del mar, pero la corbata y la chaqueta le estorbaban, así que se aflojó el nudo y se quitó la americana.

—Yo me quedé en la fase de los sentimientos. Nunca tuvimos hijos; lo intentamos, pero todos nacían muertos. Tal vez eso es lo que más nos unió al final.

—Eso pensé yo, que la muerte de mi hijo nos uniría, también su enfermedad. Ya he comprobado que cada desgracia nos distancia un poco más.

—Ayer me di cuenta de que su esposa le echaba la culpa de todo —dijo el inspector, incorporándose un poco en el asiento.

—Imagino que todos necesitamos encontrar algún culpable. Ojalá yo supiera a quién echar la culpa, tal vez por eso me siento tan mal.

—Lo que sucedió en los Alpes fue un accidente y esto parece un secuestro. Un secuestro atípico, ya que nadie ha pedido rescate ni lo ha revindicado, lo que rsulta muy extraño. ¿Quién querría hacerle daño, señor Roberts?

—No se me ocurre quién. No tengo enemigos declarados, tampoco mis competidores se han mostrado resentidos conmigo, mantenemos nuestra vida en total discreción.

—¿Piensa que alguien querría hacer daño con esto a su esposa o su familia?

Charles no contestó de inmediato. No viajaba muy a menudo a Washington, tampoco estaba al tanto de la carrera política de sus suegros y padres, pero no imaginaba qué contrincante político sería capaz de hacer una cosa así.

—No, no creo que tenga nada que ver con la carrera política de mis padres o suegros, ni con nadie que odie a mi esposa. Mary es una pintora reconocida, pero es incapaz de hacer mal a nadie. Tiene pocas amigas, algunas artistas como ella, y no frecuenta otros ambientes.

Aquello parecía dificultar más la investigación. Siempre había un motivo; si lograba encontrarlo, no tardaría en dar con el culpable.

—¿Piensa que puede haber sido algo arbitrario? —preguntó Charles.

—No, imposible. Cada día se dan cientos de casos en el mundo de niños secuestrados, pero normalmente estos se producen en el trayecto al colegio, mientras juegan cerca de su casa, por un descuido de los padres en un centro comercial. El número de secuestros en viviendas es mínimo, aún menos en una urbanización de alta seguridad.

Los dos hombres dejaron de hablar y se limitaron a escuchar el sonido del viento sobre los riscos. Unas gaviotas pasaron volando cerca de ellos y el inspector se puso en pie.

—¿Por qué instaló ese sistema de seguridad precisamente aquí? ¿Quién sabía lo que estaba haciendo y que vendría de vacaciones a esta zona?

—Mi empresa trabaja en toda Europa, pero en Turquía hay un verdadero problema de seguridad. Ya he recibido varios encargos de constructores en Sudáfrica, Pakistán y Arabia Saudí. Traigo a los clientes unos días a la urbanización, para que vean el funcionamiento del sistema. Por eso vine, quería aprovechar el viaje para descansar y establecer contactos.

—¿Sus amigos franceses eran clientes?

—Sí, estaban muy interesados en instalar este sistema en algunas propiedades particulares y unos complejos hoteleros en Túnez.

—¿Es usted armenio, señor Roberts?

—No creo que eso tenga la menor importancia —contestó el hombre.

—¿Lo es?

—Sí, mi familia se cambió el apellido hace un par de generaciones. No creo que sea un dato relevante ni que mucha gente lo sepa.

—Bueno, como ve no es tan difícil de descubrir. ¿Por qué se cambió su familia el apellido?

—Cuestiones de facilidades sociales y políticas, imagino.

—¿No le parece curioso que justo construyera su complejo de seguridad en la misma ciudad que habitaron sus antepasados?

—Mis antepasados fueron expulsados de este país, y los que no, fueron asesinados, como ya sabrá.

—El mundo da muchas vueltas, pero a veces nos lleva exactamente al mismo punto del que partimos —comentó Kerim mientras se ponía en pie y se dirigía a las escaleras de piedra.

CAPÍTULO 15

La primera entrevistada fue Berna. La mujer parecía muy tranquila, como si estuviera charlando con una vieja amiga. Se sentaron a la mesa de la cocina y Emine comenzó a preguntarle por los Roberts, cuánto tiempo llevaba trabajando para ellos y lo sucedido el día de la desaparición Michelle.

—Son una familia normal. Un poco tristes, tal vez. Él pasa mucho tiempo fuera y ella está casi todo el tiempo sola en la playa. No hacen mucho caso a la pequeña, la pobre se pasa el día con Judith.

—Entiendo. ¿Les ha visto discutir?

—No, más bien procuran no estar mucho tiempo juntos. El señor evita a su esposa, la señora es algo nerviosa y pierde rápidamente los nervios. A veces grita a Judith o a la niña. Creo que está enferma y eso afecta su estado de ánimo.

—¿El día en que desapareció Michelle notó usted algo extraño? —preguntó la policía.

La mujer levantó la vista y durante unos segundos miró a un punto indeterminado del techo. Luego sonrió levemente.

—Nada especial —dijo—. La niña estaba nerviosa por ver a su padre. La señora parecía irritada todo el rato y discutió con la cuidadora, pero aparte de eso no vi nada extraño.

—¿Cómo es su compañera Esen?

—Reservada y callada. A mí me gusta cantar mientras cocino, pero ella es más seria. Vive en una zona conflictiva de la ciudad e imagino que se queda preocupada por sus niños.

Emine tomó nota de las respuestas y mandó llamar a la otra criada. Esen parecía mucho más nerviosa que su compañera. Se sentó con las manos sobre el regazo. A pesar de ser madre de varios hijos, mantenía un cuerpo atractivo y sus ojos eran muy grandes y profundos.

—No te pongas nerviosa. Solo vamos a charlar un poco —dijo la subinspectora con una sonrisa.

Emine disfrutaba haciendo su trabajo, aunque en ocasiones era muy duro. Trataba con lo peor del ser humano y veía cosas horribles, pero era excitante desenmarañar los casos hasta llegar a la solución y salvar a gente inocente. La justicia y el orden no eran palabras huecas como en boca de los políticos, para ella significaban la diferencia entre la vida y la muerte. Como víctima lo había comprobado. La policía mantenía el orden; aunque en ocasiones pareciera que la confusión se apoderaba del país, aquel cuerpo de personas indisciplinadas y en ocasiones agresivas era la única barrera que separaba el caos de cierto equilibrio.

—¿Cuánto tiempo llevas trabajando en esta casa?

—Muy poco, menos de una semana —dijo con voz entrecortada la mujer.

—¿Tienes varios hijos pequeños?

—Sí, los dejo con una vecina. Dos de ellos no asisten todavía a la escuela.

—Ayer se puso uno enfermo y como tu marido está lejos tuviste que cuidarlo, ¿verdad?

—Sí, señora.

—Llámame Emine —dijo la subinspectora, sonriente.

—Señorita Emine, lamento haber faltado ayer al trabajo. No sabía lo que había sucedido, pero cuando un bebé tiene fiebre alta es peligroso dejarlo en casa sin su madre —dijo la mujer al borde de las lágrimas.

—No estamos aquí por eso. Quiero que me cuentes qué pasó anteayer. ¿Viste algo diferente?

—Fue un día tranquilo. La niña es muy buena y apenas hace ruido, pasa la mayor parte del tiempo con Judith. La señora estuvo en la playa…

—¿Discutieron ellas dos?

La mujer se ruborizó y miró de nuevo hacia el suelo.

—Nadie sabrá lo que me cuentes —insistió la subinspectora.

—Sí, fue una pelea muy fuerte. No entendí de qué discutían, sería algo de la niña. A veces la señora tiene un poco de celos de la cuidadora. Michelle prefiere estar con Judith, pero es normal, los niños se acostumbran a las personas. Mis hijos me echan de menos, porque yo los atiendo y les doy muchos besos.

—¿La señora no besa a su hija? —preguntó Emine, extrañada.

—Nunca la he visto, y tampoco es muy cariñosa con el señor. Parece siempre cansada y ausente. Berna suele decir que está un poco loca. Me imagino que es por lo del cuchillo.

—¿Qué cuchillo? —preguntó la subinspectora, alarmada.

—La señora amenazó a Judith con un cuchillo, la niña se interpuso y le hizo un pequeño corte en el dedo. Nos pidió que no dijéramos nada a nadie. Judith llamó a su casa. Creo que se iba a marchar hoy para su país. Ya no aguantaba más. Nos ha comentado que es la quinta niñera que tienen los señores en un año.

La subinspectora hizo un gesto de sorpresa. Aquello podía denotar celos hacia las cuidadoras o su propio marido. Debía preguntar a Mary sobre ese asunto. Además, el episodio del cuchillo rozaba el delito. Podía haber hecho daño a su propia hija.

—Una última cosa. Hemos comprobado que tu esposo tiene antecedentes por haber pertenecido al partido kurdo, ya sabes que eso es un delito en nuestro país. ¿Sois kurdos?

La mujer comenzó a temblar ligeramente e intentó hablar, pero terminó llorando.

—No es un delito ser kurdo.

—Mi esposo estuvo en ese partido de joven, pero se desvinculó de él hace años. Ahora es un trabajador honrado, no cree en la violencia.

—Entiendo, pero a lo mejor tenemos que interrogarlo.

—Está en una plataforma petrolífera, no regresará hasta dentro de unos meses.

—Muchas gracias, Esen.

La mujer se puso en pie y se retiró. Emine miró sus apuntes. De momento parecía que las dos mujeres eran inocentes, aunque no podía descartarlas por completo. A veces las investigaciones regresaban a los puntos de partida. Lo que realmente le preocupaba era la pelea con el cuchillo. Eso demostraba que la madre podía ponerse muy violenta. ¿Habría hecho daño a la niña y después intentado deshacerse de su cuerpo? No era el primer caso de ese tipo que veían. Algunos progenitores atentaban contra sus hijos, los secuestraban, asesinaban o torturaban a pesar de que supuestamente los querían. Era algo que le costaba entender, pero conociendo los episodios de violencia de su exmarido, cualquier reacción era posible.

Salió de la cocina y se dirigió al salón. Su jefe la esperaba sentado en uno de los sofás blancos.

—¿Alguna novedad?

—Creo que sí. Mary intentó agredir a la cuidadora con un cuchillo y cortó en el dedo a Michelle. Al parecer han cambiado de empleada tres o cuatro veces en el último año.

Kerim frunció el ceño; sabía que la agresividad era el primer paso hacia el asesinato. Sin duda la enfermedad de la mujer conllevaba episodios de furia y descontrol. Tendría que examinarla alguno de sus psiquiatras para determinar si se encontraba en plenas facultades.

—¿Ha hablado con Judith?

—No, todavía no he podido.

—La interrogaremos juntos, después a la señora y comeremos algo antes de terminar con la pareja francesa y los guardas —dijo el hombre, poniéndose en pie.

A la intensa luz del mediodía Kerim parecía más atractivo que recién levantado. Su pelo negro y canoso en las sienes le daba un aire de caballero británico. No tenía las facciones de los habitantes de Anatolia, más bien parecía descendiente del mundo heleno, aunque con la piel más morena y los rasgos algo más marcados. En el fondo Emine lo admiraba, aunque no compartiese sus métodos y formas bruscas.

La cuidadora estaba en su cuarto, apenas había querido salir de allí después de lo sucedido. Se sentía culpable y el hecho de no tener nada que hacer la deprimía enormemente.

—¿Podemos pasar? —preguntó Emine.

La chica se arregló un poco la ropa y se sentó en la cama.

—Sí. Lamento el desorden —se disculpó mientras los dos policías entraban en la habitación.

—No se preocupe —dijo Emine.

—¿Cuánto tiempo tendré que quedarme? Desearía regresar a casa.

—Mientras continúe la investigación deberá permanecer en Turquía —contestó con sequedad el inspector.

—Lo entiendo, pero podría trasladarme a otra casa o apartamento. Me siento muy incómoda en la villa.

La subinspectora se compadeció de la joven al ver su cara demacrada, sus ojos hinchados y su aspecto decaído. La chica tenía poco más de veinte años y la experiencia era muy traumática.

—Tendrá que quedarse un par de días más. Para nosotros es más fácil protegerla si se queda aquí, no podemos tener un grupo de policías en cada casa. Además, usted fue la última persona que vio a la niña. Estaba bajo su custodia cuando desapareció,

—Sí —admitió con un hilo de voz.

—Hay algunas cosas importantes que queremos preguntarle. La primera es lo sucedido en las horas previas a la desaparición. En su informe preliminar declaró que no había ocurrido nada notable y aseguró que no recordaba haber oído el teléfono cuando su jefe comentó que la llamó ni haber escrito el mensaje que recibió en su teléfono móvil. ¿Es eso correcto? —preguntó el inspector.

—Sí, no recuerdo la llamada ni el mensaje.

—Puede que tenga un grave problema de memoria, ya que tampoco parecía recordar la pelea con Mary, que esta blandió un cuchillo y que la niña quedó herida.

La joven adoptó un gesto de temor, como si acabaran de descubrir un secreto que la atemorizaba.

—Pensé que era mejor no contar nada…

—¿No contar nada? Una de las personas de esta casa la agrede, hiere a la niña el día en el que desaparece ¿y no le parece importante?

—No es eso, solo que no me pareció relevante. De hecho no me acordé del incidente, la desaparición de la niña me tenía trastornada —respondió la joven entre lágrimas.

—Entendemos que estuviera traumatizada, pero es un asunto muy grave, de alguna forma invalida toda su declaración y la convierte en una sospechosa. ¿Comprende? Tiene que decirnos la verdad. No queremos dar tumbos y seguir pistas equivocadas. Todo este tiempo perdido corre en contra de la niña. Si nadie reclama un rescate, no durará viva otras veinticuatro o cuarenta y ocho horas —dijo Emine.

—Lo siento. Mary a veces pierde el control, no tiene límites, creo que es a causa de su enfermedad.

—¿Hubo otros incidentes como este? —preguntó el inspector.

—No contra mí; aunque nos hemos peleado en varias ocasiones, nunca había llegado hasta ese punto. Con Charles sí suele ponerse muy agresiva.

—¿Por qué discutieron?

—Bueno…—dijo mirándose las manos, como si intentara ganar un poco de tiempo.

—Y bien… —la apremió Kerim, que comenzaba a perder la paciencia.

—Tenía celos del cariño que me tenía la niña —comentó, algo tensa.

—Querrá decir que le tiene —puntualizó la subinspectora.

—Claro, a eso me refería. Ella pasa muy poco tiempo con su hija, a veces pienso que le tiene como manía, aunque sé que la quiere mucho. No soporta que me tenga cariño, pero es normal, pasa mucho tiempo conmigo.

—¿Cuánto tiempo lleva con los Roberts? —preguntó Kerim.

—Algo más de un mes. Me propusieron cuidar a la niña todo el verano. Pensé que sería buena idea. Pasé una temporada en Inglaterra y ahora en Turquía, pero creo que volveré a Dinamarca. Mis padres me han pedido que regrese cuanto antes.

—¿La niña fue herida? —preguntó Emine.

—Fue un rasguño. Mary agitó el cuchillo para amenazarme y la niña se puso por medio. Le puse una tirita, porque le salía sangre y se asustó un poco.

—¿Cómo reaccionó la madre?

—Lo cierto es que no reaccionó, inspector. Se quedó quieta, tiró el cuchillo al suelo y se fue.

—¿Piensa que la señora está en sus cabales? —preguntó Kerim.

—No soy psicóloga, pero no es del todo normal. Por eso quiero que me lleven a otro lugar, temo por mi vida. Apenas he salido de este cuarto desde que pasó lo de Michelle. Ella me culpa de su desaparición y en su estado es capaz de cualquier cosa.

—Lo pensaremos, pero por ahora tiene que permanecer en la casa. Si nota algún comportamiento anómalo llámenos a cualquier hora del día o de la noche.

—Gracias —dijo la joven.

Los policías dejaron la habitación y bajaron las escaleras.

—¿Piensa que nos ha contado toda la verdad? —preguntó Emine.

—No, no lo creo, pero tampoco parece sospechosa de nada. Los análisis han demostrado que le hicieron beber alguna sustancia.

—¿Quién envió el mensaje?

—Pudo ser cualquiera. A través de algún programa de desvío de llamada o usando el dispositivo mientras ella dormía.

Cuando llegaron al salón Berna comenzó a gritar y a correr por el pasillo. Kerim y su ayudante sacaron sus armas y corrieron hacia ella. Llevaba un sobre en la mano y lo agitaba como si le quemase.

—¿Qué es eso? —preguntó el inspector.

—Un sobre que había en el buzón —dijo la mujer.

—¿Por qué grita? —preguntó Emine.

—Lo encontré dentro del buzón pero me extrañó que estuviera abierto. Había pelos saliendo del sobre, miré dentro y vi una carta. Me he asustado y por eso he venido gritando.

—Déjelo sobre la mesa —dijo Kerim, sin querer coger el sobre. La criada ya había dejado sus huellas en él, pero cuanto menos lo tocaran más fácil sería extraer alguna prueba forense.

Se pusieron unos guantes y sacaron la carta. Emine la leyó en alto cuando todos estaban en el salón, asustados por los gritos de la criada.

«Michelle Roberts se encuentra bien, la tenemos retenida en un lugar seguro. Queremos diez millones de dólares para liberarla. Tienen dos días para reunir el dinero, recibirán instrucciones. FRENTE KURDO DE LIBERACIÓN NACIONAL».

CAPÍTULO 16

El avión tuvo que hacer escala en Ankara antes de dirigirse a Antalya. Anna se sentía realmente cansada, pero el reto de la investigación y el viaje la mantenían con la adrenalina a tope. Estaba subiendo a un vehículo que había de llevarla a su hotel para que se cambiara antes de ir a la villa donde habían secuestrado a la niña cuando recibió un mensaje en su teléfono. Un grupo armado había revindicado el secuestro de Michelle, pedían una desorbitada cantidad de dinero y el hecho de tratarse de la nieta de varios políticos norteamericanos daría mayor publicidad a los terroristas. Nadie conocía a los que revindicaban el secuestro, pero en los últimos tiempos decenas de grupos escindidos de otros mayores o nuevas organizaciones comenzaban sus acciones terroristas. El mundo parecía radicalizarse por momentos. Grupos ultras de diverso signo ganaban las elecciones o se convertían en fuerzas políticas vitales para gobernar los países. Oriente Próximo parecía arder en un magma de radicalidad, petróleo y fundamentalismo. Si una niña podía ser secuestrada en una de las urbanizaciones más seguras del planeta, el mensaje que enviaban los terroristas era que ya no quedaba ningún lugar en el mundo en el que protegerse.

Anna se apeó del coche y caminó hasta el vestíbulo del hotel, uno de los mejores y más lujosos de la ciudad, donde la agencia le había hecho una reserva. Al menos durante unos días podría disfrutar de algo de glamur. Subió a la décima planta y cuando entró en la habitación se quedó fascinada. La suite era más amplia que su apartamento en Washington. Tenía un pequeño recibidor, un salón inmenso, la habitación y un baño enorme. Se asomó al balcón y contempló la bahía, diciéndose que algún día debería regresar a la ciudad para pasar unas verdaderas vacaciones. Los siguientes días serían frenéticos. Debía encontrar a la niña cuanto antes, pero además tendría que enfrentarse a la policía local, las trabas burocráticas y a los propios padres, que siempre miraban con desconfianza a los nuevos negociadores. Al menos tenía el apoyo del ministro de Interior de Turquía y su embajada.

El teléfono sonó en su bolsillo trasero, pero tardó un rato en identificar el ruido: era la primera vez que oía el tono del nuevo iPhone.

—Anna, espero que hayas llegado bien a Turquía. ¿Has recibido el mensaje con las últimas novedades del caso?

—Sí, señor. Creo que un grupo kurdo lo ha revindicado.

—Bueno, esa parece la hipótesis más plausible, pero podría tratarse de delincuentes comunes que se hacen pasar por terroristas u otro tipo de truco. No bajes la guardia.

—No se preocupe, señor.

—En este momento los policías que llevan el caso ya tendrán una orden directa del ministro para que se pongan a tu mando, pero habrás de ganarte su apoyo. De todas formas tienes acceso directo a todos sus informes y ellos están obligados a escribir sus descubrimientos y pistas en sus *tablets*. No podrán ocultarte información.

—Perfecto, señor.

—¿Has podido meditar sobre el caso?

La agente se quedó con el teléfono en la mano como si esperase algún tipo de inspiración. Los supuestos terroristas habían tardado casi cuarenta y ocho horas en pedir el rescate. Eso era algo bastante común: a excepción de los secuestros exprés, tan frecuentes últimamente en América Latina, los secuestradores solían tardar en dar señales de vida para aumentar la ansiedad de los familiares. Cuanto más nerviosos estuvieran, más dispuestos se mostrarían a aceptar sus exigencias.

—Parece un secuestro clásico, pero ni las autoridades turcas ni las norteamericanas pagan dinero a terroristas. No hay muchos casos de menores secuestrados por grupos de este tipo, suele darles mala fama, complica la liberación y el secuestro, por no hablar de los cuidados que necesitan los niños.

—¿Cree que son delincuentes comunes?

—Si lo son, parecen verdaderos profesionales. Únicamente la mafia organizada podría llevar a cabo un secuestro tan espectacular. De todas formas, el hecho de que enviaran comunicados al *Zaman* y el *New York Times* me inclina a pensar que se trata de terroristas. Los delincuentes comunes suelen ser más discretos, huyen de la publicidad.

—Eso es cierto.

—Pero esperemos acontecimientos. Los secuestradores han contado con ayuda desde dentro, tal vez una criada o alguien de mantenimiento. También habrán de disponer de algunas mujeres en sus filas para cuidar de la niña. Los secuestros de menores son muy raros, que yo recuerde apenas hay diez casos famosos en la historia. El del hijo de Charles Lindbergh, el famoso aviador, en marzo de 1932; Eric Peugeot, hijo del magnate de la industria automovilística en 1960; Graeme Thorne en Australia, sus padres habían ganado la lotería ese año; Bobby Greenlease, hijo de un magnate de Kansas City; John Paul Getty III, nieto de un multimillonario estadounidense; Carlos Vicente Vegas Pérez en Venezuela; Nina von Gallwitz en Alemania y Matías Berandi en Buenos Aires. De los ocho, únicamente tres regresaron con vida a pesar de que se les pagó el rescate.

—Siempre he admirado tu prodigiosa memoria, por algo fuiste la primera de tu promoción. La verdad es que eso debe hacernos actuar con más celeridad —comentó el jefe de Anna.

—Sí, esa pobre niña no tiene culpa de nada.

Cuando la mujer colgó el teléfono se dio cuenta de lo desanimada que se encontraba. Los dos casos parecidos que había tenido que investigar habían terminado en muerte de los niños.

Se dio una ducha, se cambió de ropa y se dispuso a salir. Estaba a punto de abrir la puerta cuando le llegó al móvil un mensaje de su abuela. Era la única persona que le quedaba en el mundo, sus padres ya habían muerto y era hija única.

Estuvo un rato contestando mensajes sentada en la cama. Cada vez se sentía más deprimida. Dentro de poco su abuela también fallecería y su vida ya no importaría a nadie.

Su abuela siempre le decía que debía encontrar a alguien a quien amar, pero no era tan sencillo. Lo había intentado, pero cada vez que había dado su corazón a alguien este se había encargado de destrozarlo. Ahora se lo pensaba mucho antes de abrirse a cualquier desconocido, pero con un trabajo como el suyo, de horarios disparatados, constantes viajes y casos traumáticos, le parecía casi imposible encontrar pareja.

Recordó su colegio en una zona exclusiva de México DF, su vida antes de llegar a Estados Unidos, las amistades que tuvo que dejar atrás con quince años. Sin duda todo aquello había contribuido a convertirla en una persona taciturna, poco sociable y con dificultades para establecer nuevas relaciones. Era una mujer joven, guapa e inteligente, pero esa parecía ser la verdadera cruz de las mujeres del siglo XXI: encontrar hombres que estuvieran a su altura.

CAPÍTULO 17

La llegada de la nota de los secuestradores y el aviso de la central de que la prensa ya estaba al corriente del secuestro hicieron que Kerim pareciera más crispado que normalmente. Los padres se encontraban en un estado de choque tan intenso que desestimaron interrogar a la mujer por el momento, sobre todo porque al convertirse la desaparición en secuestro, las sospechas dejaban de recaer en ella. La noticia oficial del secuestro de su hija parecía afectar a Mary aún más que la desaparición, como si durante todo aquel tiempo hubiera estado obsesionada con la idea de que Michelle aparecería en cualquier momento con su dulce sonrisa, como si acabara de hacer alguna travesura.

Kerim y su ayudante fueron a interrogar a los tres guardas y a los jardineros. El jefe de seguridad les había mandado un mensaje unos minutos antes de la llegada de la nota. Caminaron por la urbanización intentando despejar la mente. En ocasiones ver las cosas con perspectiva era la mejor manera de llegar a la verdad.

—¿Cree que es un grupo terrorista? —preguntó Emine a su jefe.

—No lo sé, pero me extrañaría. Ese grupo no aparece en ninguna base de datos, en inteligencia no les consta su existencia. Esta sería su primera actuación, pero me parece demasiado osada para un grupo de novatos, ¿no cree?

—Hoy en día los jóvenes son muy despiertos. Manejan los sistemas informáticos, disponen de mucha información en internet.

—Una cosa es la teoría y otra la práctica. Deberían tener mucha sangre fría para actuar como lo hicieron los secuestradores y ser muy fanáticos para hacerle algo así a una niña pequeña —comentó Kerim.

—Es cierto, pero el mundo cada vez está más loco.

El inspector caminó callado con las manos en los bolsillos de la americana. Había intentado atar todos los cabos, pero aún le faltaba demasiada información.

Llegaron al centro de seguridad y Roger les presentó a los tres guardias.

—Los jardineros vendrán en un momento, pero creo que con ellos ya tienen para un buen rato.

—Gracias —dijo la subinspectora.

—Por favor, que se quede el más joven; ustedes pasarán cuando les avisemos —dijo muy serio el inspector.

El guardia los miró con cierto nerviosismo. Era un joven de apenas veinte años, fornido pero con cara de niño.

—Ya tenemos sus datos personales y su declaración previa, pero queremos hacerle nuevas preguntas —comentó el inspector.

—Les diré todo lo que sepa.

—A veces nos interesa saber más, lo que no sabe o cree no saber —contestó Kerim.

El muchacho frunció el ceño como si no entendiera las palabras del inspector.

—¿Conocía a los Roberts?

—Sí, el señor Roberts es el dueño de la empresa donde trabajo —contestó el guardia.

—Pero ¿conocía a toda la familia?

—La cuidadora y la niña salían a pasear por las tardes por la urbanización; a la señora creo que solo la he visto una vez. No estoy seguro de poder reconocerla.

—¿Y a las criadas que trabajan en la casa? —preguntó Kerim, que intentaba hacerse una idea sobre el número de personas que conocían a los Roberts y quiénes eran realmente.

—Del control que han de pasar todos los empleados. Sus microchips se activan al entrar en la zona de seguridad.

—¿A veces fallan los microchips? —preguntó Emine.

—Bueno, solo en paredes de PCV que tiene una estructura metálica y si llegan a una temperatura muy alta. No hemos visto ninguno de esos casos en la urbanización.

—Muchas gracias. Por favor, que entre su compañero de más edad —dijo Kerim de repente.

El joven abandonó la habitación un poco confuso, con la impresión de no haber dicho nada relevante.

El hombre que entró en la sala era mucho mayor, de unos cincuenta y cinco años, aunque parecía encontrarse en perfecta forma física. Los miró y se sentó en la silla.

—¿Cuánto tiempo lleva trabajando para la compañía?

—Desde que se fundó hace cinco años —contestó el hombre.

—Es uno de los veteranos —dijo Kerim.

—Supongo que sí.

—¿Ha habido algún problema de seguridad en este tiempo? —preguntó el inspector.

—No, apenas una pelea entre dos padres que veraneaban en la urbanización, pero nunca hemos sufrido un robo o una agresión, y mucho menos un secuestro.

—¿Por qué piensa que es segura la urbanización?

—Nadie puede entrar sin que lo sepamos.

Aquella frase dio que pensar al inspector. Puso el iPad sobre la mesa y buscó el mapa de la casa de los Roberts y de la urbanización.

—Nadie puede entrar, pero ¿qué sucedería si alguien ya estuviera dentro?

—Lo localizaríamos por los microchips.

—A no ser que se hubiera quemado la mano, de esa forma el microchip no funcionaría. ¿Ha venido gente para que le arregle el microchip en las últimas horas o ayer?

—No lo sé, eso lo lleva el técnico.

—Imaginemos que alguien se quema la mano: en ese caso ya no podría ser detectado. La seguridad está planteada para que no entre nadie, pero si alguien está dentro puede moverse con cierta facilidad, más que en una urbanización menos segura. ¿Me equivoco?

—No, señor.

—¿Pudo alguien haber entrado en la casa de los Roberts y haberse llevado a la niña en plena noche?

—Habría sido muy difícil que saliera de la urbanización.

Aquellas palabras hicieron que de repente su cerebro se percatara de un detalle. Habían supuesto que Michelle ya no estaba en la urbanización, pero el microchip no había dejado de dar la señal hasta unas horas después de su desaparición.

—¿Qué hay en esta zona? —preguntó el inspector señalando el área donde había aparecido la señal del microchip en el mar.

—Es una zona de lavandería, al lado están varias de las cocinas y el horno de pan.

—¿Hay neveras en esa zona? Me refiero a neveras industriales.

—Naturalmente, hay varias para conservar la comida.

—¿Las neveras inhibirían la señal?

—Sin duda, señor.

—Mierda. Debieron de llevarla a la zona de neveras, de esa manera no podíamos localizarla, después le quitaron el microchip y lo arrojaron al mar. Cuando pudieron la sacaron en algún camión de reparto y una vez que lograron llevarla a algún lugar seguro emitieron la nota del rescate —comentó el inspector.

—Es posible —dijo su ayudante.

—¿Quiénes son los suministradores? ¿Pasa cada empresa o ustedes traen todo el material y alimentos necesarios?

—Normalmente se trata de empleados de la urbanización, nadie ajeno al complejo tiene autorización para entrar.

—¿Cuántos vehículos han salido en las últimas veinticuatro horas? —preguntó Emine.

—Tendría que consultarlo, pero no creo que sean más de ocho o diez.

—Tendremos que investigar a los conductores, horarios, etc. —dijo el inspector.

—Sí, señor —contestó Emine.

—Ya puede marcharse, que entre su compañero.

El guardia salió de la habitación y un par de minutos más tarde entró un hombre con aspecto de Europa del Este. Tomó asiento y esperó las preguntas de los policías.

—Según su opinión, ¿qué miembros del personal pueden moverse con más facilidad por la urbanización? —preguntó Kerim.

—Los jardineros, ellos tienen autorización para las zonas comunes, las casas y los almacenes —contestó el guardia.

—¿A qué hora se marchan los jardineros?

—En verano muy tarde, más o menos a las nueve o las nueve y media de la noche. En esta época tienen mucho trabajo y aprovechan las horas de luz.

—Entiendo. ¿Cuántos jardineros hay en total?

—Creo que unos seis, puede que ocho. El jefe de seguridad tiene la lista. Los jardineros se encargan también de mantener limpios los túneles por donde pasan los cables y tuberías de la urbanización. En cierto sentido llevan el mantenimiento de todo el sistema.

—¿Los jardineros son asignados a una zona concreta? —preguntó Emine.

—Normalmente sí, aunque pueden cambiar de zona según las necesidades, las bajas y otras cuestiones de organización.

—Suficiente. Pida a su jefe que nos envíe a los jardineros —indicó Kerim.

Al quedarse solos el inspector miró de nuevo los planos.

—Los jardineros pudieron entrar en la casa después de poner alguna droga a la chica, atrapar a la niña que también estaba dormida, llevarla a la zona de neveras esa noche, quitarle el microchip, después arrojarlo al mar y sacarla en una de sus furgonetas, y todo eso delante de nuestras narices.

—Entiendo. Eso reduce el número de sospechosos a ocho —señaló la mujer.

—Sí. Debemos estudiar sus vidas, encontrar posibles conexiones con el terrorismo, el radicalismo o el crimen organizado.

—Entonces, ¿no cree que necesitaran ayuda de alguien de dentro de la casa?

—No, Emine. Sabían que los padres no estarían esa noche, lo que les concedía unas horas para poder llevar a cabo su plan, si neutralizaban a la niñera o la ponían de su lado.

—Entonces, ¿el motivo es económico y político? —preguntó la mujer.

—Sí, sin duda.

—Pero ¿por qué los Roberts en una urbanización tan segura?

—Repercusión en la prensa. Los Roberts son una familia poderosa; si hubiera sido un empresario turco o el hijo de un diplomático no tendría tanta repercusión mediática. A partir de este momento vamos a sufrir el acoso de la prensa, espero que esté preparada. Por favor, pida al jefe de seguridad la lista de jardineros, cuáles estaban el día del secuestro en la urbanización y sus datos personales —dijo el inspector a su ayudante.

Cuando entró el primer jardinero, un chico joven de apenas diecisiete años, Kerim pensó que esa era su oportunidad. Era mucho más sencillo hacer confesar a un jovencito que a un hombre más curtido.

—Siéntate —le ordenó el inspector.

El joven era muy moreno, pero tenía los ojos de un azul intenso.

—¿Hace dos días estuviste cuidando el jardín los Roberts?

—Sí, aproximadamente cada dos días pasamos por allí, es uno de los que tenemos asignados —contestó el joven sin disimular su nerviosismo.

—¿Tenéis acceso a la casa?

—No, únicamente al jardín y al cuarto de aperos donde se guardan las herramientas. También cuidamos de la piscina y limpiamos la playa si hace falta.

Kerim se puso en pie y se acercó al joven. Se inclinó hasta poner su cara a la altura de la del jardinero y con un tono suave le dijo:

—Si quisierais sacar algo de la villa y la urbanización sin ser vistos, ¿cómo lo haríais?

—No entiendo la pregunta, ¿a qué se refiere?

—Tenéis acceso a todas las casas, los almacenes, las neveras, podéis sacar cosas con vuestra furgoneta y controláis los túneles por donde pasa el cableado. ¿Cómo sacaríais algo sin ser detectados por seguridad?

El joven no respondió a la pregunta, se limitó a observarlo con sus grandes ojos azules y una expresión de incredulidad. El inspector intentó escudriñar aquella mirada, a veces el alma de los hombres se asomaba a sus ojos, pero los del joven rebosaban inocencia, cosa que le exasperó. Necesitaban encontrar una pista. La cuenta atrás había comenzado y las posibilidades de que asesinasen a la niña eran cada vez mayores.

—¿Cómo lo harías, maldita sea? Si no respondes te encerraré en una celda y tiraré la llave —lo amenazó el inspector, exasperado.

—Imagino que lo dejaría discretamente en los túneles, por ese laberinto puedes ir a cualquier sitio de la urbanización sin ser visto.

Después, cuando comprobara que todo está tranquilo, lo sacaría con las furgonetas, oculto entre los sacos de escombros, los restos de la poda…

—En un saco, la niña cabría en uno…

—¿Qué?

—Puedes retirarte —comentó Kerim.

El inspector se dirigió al despacho del jefe de seguridad, donde Emine estaba recopilando la información que le había pedido.

—¿Cuántos transportes han salido de la urbanización en las últimas horas?

La mujer le mostró la lista que acababa de imprimir. Aparte del camión de la basura, había salido un transporte con restos de jardinería y otro con unos muebles para ser reparados y barnizados.

—Tres vehículos, uno de ellos de jardineros. ¿Quiénes fueron los miembros del equipo que llevaban la furgoneta? —preguntó Kerim.

—Los que ya ha interrogado. Se llaman Yunus y Bilal, son padre e hijo —comentó el jefe de seguridad.

—Únicamente he hablado con el chico. Emine, que envíen a dos hombres y lleven a los jardineros a comisaría para un interrogatorio.

—¿Realmente cree que pudieron ser ellos? —preguntó la mujer.

—No estoy seguro, son los que más posibilidades tenían de secuestrar a Michelle. Ahora debemos encontrar un motivo o una conexión con el grupo que ha revindicado el secuestro.

—Entiendo.

El teléfono del inspector comenzó a sonar y el hombre tocó la pantalla, aún no estaba acostumbrado a esos aparatos tan sofisticados.

—¿Inspector Kerim Tumanyan? Soy Anna Marcos, agente especial del FBI. El gobierno norteamericano me ha enviado para que les ayude en la investigación. Estoy en la puerta de la villa de los Roberts.

—No necesitamos ayuda —contestó el inspector.

—Su ministro de Interior opina de otra manera —adujo la mujer.

—Señora, no quisiera ser grosero, imagino que ha venido desde el otro extremo del mundo para nada. Este caso es mío y ninguna estrella del FBI va a meter sus narices en él.

—Únicamente deseamos ayudar —insistió Anna, intentando controlar su furia.

—Estamos acostumbrados a tratar casos como este.

—¿No se da cuenta de la repercusión mediática? El caso debe resolverse cuanto antes y lo único que han hecho hasta ahora es dar palos de ciego. En la entrada de la urbanización está la prensa de medio mundo, todo se va a complicar en las próximas horas.

Kerim tuvo la tentación de colgar el teléfono, pero su caballerosidad se lo impidió.

—Si mi comisario se lo permite, podrá acceder a los resultados de la investigación, pero no podrá estar con nosotros en los interrogatorios o inmiscuirse en nada. ¿Entendido?

Pensó que la manera mejor de librarse de aquella mujer era prescindir de ella hasta que se cansara, pero al mismo tiempo era consciente de que su jefe no dejaría de insistirle y presionar hasta que la dejara participar en la investigación. Era una guerra perdida de antemano y él ya sabía qué batallas merecía la pena luchar y cuáles no.

—No sé qué es para usted tenerlo todo bajo control, pero dentro de media hora se celebrará una rueda de prensa convocada por los Roberts en la puerta de su villa.

Kerim maldijo su suerte. Cuando la prensa se inmiscuía en un caso así al final todos salían mal parados, comenzaban los juicios paralelos contra todos los que tuvieran una relación con la familia y los secuestrados solían aparecer muertos. Tendría que echarles carnaza para que los dejaran trabajar en paz y descubrir a los verdaderos secuestradores, aunque en muchos casos esto significaba destruir la vida de algún inocente.

CAPÍTULO 18

La rueda de prensa estaba a punto de comenzar cuando los dos inspectores llegaron a la casa. Anna los esperaba en la entrada, justo delante del medio centenar de buitres carroñeros que se habían reunido para contar al mundo una nueva historia de horror y miseria. Emine se había preguntado muchas veces por qué a la gente le gustaban las historias de ese tipo y había llegado a la conclusión de que el público se creía a salvo del sufrimiento cuando eran otros los que lo padecían. Sentirse afortunado por las desgracias ajenas constituía uno de los principios básicos del orden social y si encima las víctimas eran gente rica, para el gran público era un aliciente extra. Les encantaba ver sufrir a aquellos que según su opinión habían tenido una vida placentera y fácil. Los medios de comunicación alimentaban esta enfermiza visión del mundo y al mismo tiempo le sacaban un espectacular rendimiento económico.

Tuvieron que apartar a codazos a la gente para poder llegar hasta la puerta.

—Inspector, ¿qué puede decirnos sobre el secuestro de Michelle Roberts? ¿Es un acto terrorista? ¿Ya tienen alguna pista fiable?

Los periodistas comenzaron a acribillarlos con preguntas, pero Kerim se limitó a volverse y, cuando tuvo todos los micrófonos delante, les dijo:

—Si realmente quieren ayudar en esta investigación dejen en paz a la familia.

—Ellos nos han convocado —dijo una famosa reportera de televisión.

—No lo dudo, pero esto no contribuye a la localización de la niña.

—Si ponemos su rostro en todos los medios y cada persona del mundo sabe lo que ha sucedido, ¿no contribuirá eso a que la encuentren?

Kerim miró a la periodista. Su pelo teñido de rubio, su cara maquillada y su ajustado traje de diseño no ocultaba su verdadera condición. Era del tipo al que la carroña le gustaba más que ninguna otra cosa en el mundo.

—No tengo nada más que declarar —dijo el inspector, dándose la vuelta e intentando calmar su furia.

Entraron en la casa y sintieron cierto alivio al dejar atrás a la jauría de periodistas. La agente del FBI se acercó a ellos para saludarlos con una sonrisa, pero en cuanto vio la cara del inspector bajó la mano y se limitó a repetir su nombre y datos.

—Muy bien —dijo Kerim, y continuó caminando a grandes zancadas hacia el interior la casa.

Los padres de Michelle se habían vestido para la ocasión. Estaban juntos, era una de las pocas veces que los inspectores los veían tan unidos, agarrados de la mano y preparados para salir y atender a la prensa.

—¿Por qué han convocado a los medios? —preguntó el inspector en cuanto se puso frente a ellos.

—Nos lo recomendó nuestro abogado desde Londres —dijo Charles.

—¿Su abogado? ¿Qué tiene que ver su abogado en todo esto? —insistió Kerim sin disimular su enfado.

—Ustedes no han conseguido mucho en dos días. Ahora ya sabemos que se trata de un secuestro, no podemos quedarnos de brazos cruzados —comentó Mary.

—Ustedes deben esperar y confiar, buscar a su hija es nuestro trabajo. Tenemos a dos sospechosos y esperamos que confiesen en unas horas.

La pareja se miró con incredulidad, hasta ese momento habían tenido la sensación de que el caso no iba a ninguna parte. Por eso habían consultado a su abogado y, a pesar de sus diferencias, se habían unido para afrontar la situación. La reivindicación de los terroristas había disipado en parte las dudas que cada uno tenía sobre el otro. Si alguien atacaba a la familia Roberts debía atenerse a las consecuencias. Primero pagarían el rescate para poner a salvo a su hija, pero en cuento la recuperaran buscarían a alguien que encontrara a esos tipos y los metiera en la cárcel.

—Buenas tardes, soy Anna Marcos, agente del FBI asignada a su caso —dijo la mujer adelantándose unos pasos y saludando a la pareja.

—¿Una agente del FBI? —preguntó Mary.

—Sí, señora. Acabo de llegar, pero estoy informada de todo. Creo que el inspector tiene razón con respecto a la prensa. Los terroristas quieren cobertura mediática, si se la damos puede empeorar la situación de su hija.

—¿Empeorar, agente? Desde que estos policías comenzaron con el caso lo único que han hecho ha sido dudar de nosotros, tratarnos a todos como criminales y dejar que esos terroristas sacaran a la niña de la urbanización. No parece que estén acertando mucho, ¿no cree? —preguntó Mary poniendo los brazos en jarras y mirando directamente a la cara de la agente.

Anna era una especialista en crear perfiles psicológicos y se hizo una idea de la situación. La madre parecía una mujer desquiciada, muy emocional e inestable, aunque apenas mostraba signos de pena o tristeza en un momento como aquel, algo que la desconcertaba. El hombre era más cerebral, pero de alguna manera parecía retraído, dejando que su esposa tomara las riendas, como si no quisiera contradecirla o deseara agradarla.

—Nosotros somos los profesionales, cada caso es distinto y hay unos protocolos. La policía debe descartar a los sospechosos y dar con las pistas que la lleven hasta su hija. El inspector le ha dicho que tienen unos sospechosos y eso es mucho, cuando solo han transcurrido poco más de cuarenta y ocho horas de la desaparición de su hija.

—Lo que deseamos realmente es pagar el rescate y que la liberen, si intentan atraparlos pondrán en peligro a Michelle —dijo el hombre.

—Entiendo su punto de vista, pero le aseguro que el pago del rescate no garantiza nada. Además, las leyes de Turquía y Estados Unidos les impiden pagar rescates a terroristas, ni siquiera pueden negociar con ellos —señaló Anna.

—Ya lo sabemos, pero es nuestra hija, por eso les pedimos que salgan de nuestra casa, quiten la vigilancia, dejen de pinchar los teléfonos y nos permitan negociar directamente con los secuestradores. Estamos en nuestro derecho —dijo Charles.

—Lo están, pero eso pone en riesgo la vida de su hija —comentó Emine.

La mujer se volvió hacia la subinspectora.

—Mire, maldita turca del diablo —le dijo con cara de desprecio—, estamos en este país, un lugar lleno de delincuentes y terroristas, y ustedes son unos ineptos, si es que no están compinchados con los terroristas, la policía aquí está totalmente corrupta.

Emine intentó no tomarlo como algo personal, sabía que era el arrebato de una madre desesperada. Respiró hondo y forzando una sonrisa le contestó:

—Será mejor que se queden solos y reflexionen, nosotros continuaremos buscando a su hija.

Kerim admiró la entereza de su compañera, él se sentía tan molesto que prefirió darse media vuelta y salir de la casa. Pidió a sus hombres que abandonaran el jardín y que dejaran de controlar los teléfonos al menos por el momento.

La agente miró incrédula a la pareja. Sabía el estrés que pasaban unos padres en esa situación, pero estaba convencida de que el camino que emprendían los llevaría hacia un profundo pozo de dolor y desesperación. En ese momento parecían actuar de mutuo acuerdo, pero sin la cobertura de la policía y la ayuda de gente especializada, no tardarían en derrumbarse, lo que podría suponer que no volvieran a ver a su hija jamás.

—Creo que no deben hacer eso. Yo he venido para ayudarles, pero la policía turca está realizando un gran esfuerzo y poniendo todos los recursos que tienen a su alcance —dijo Anna muy seria.

—Pues no es suficiente, señora agente —replicó Charles—. Ahora les pido que salgan de nuestra casa.

Emine y Anna salieron de la casa, atravesaron el jardín y, al llegar a la verja, tuvieron que abrirse paso a empujones hasta situarse detrás de la prensa. Los Roberts no tardaron en seguirlos, se dieron las manos y hablaron ante las cámaras.

—Gracias por venir —dijo Charles—. Como saben, nuestra pequeña hija Michelle ha desaparecido. Hace unas horas nos hemos enterado de que un grupo kurdo reivindica su secuestro y ha pedido un rescate por su vida. Les pedimos que no hagan daño a nuestra hija, atenderemos sus demandas en cuanto nos informen sobre cómo hacerlo. Esta es Michelle, una niña de cinco años, inocente y alegre, que hace poco perdió a su hermano Charly. Les pedimos que la cuiden. Gracias.

Mary apoyó la cabeza en el hombro de su esposo y los flashes de las cámaras comenzaron a sonar. Varios periodistas acercaron los micrófonos y lanzaron sus preguntas a la pareja.

—Señores Roberts, ustedes son dueños de una empresa de seguridad y han instalado en esta urbanización uno de los sistemas más sofisticados del mundo, ¿cómo ha podido suceder el secuestro? ¿Alguien ayudó a los criminales desde dentro?

—No lo sabemos, pero tampoco lo descartamos —dijo Charles.

—Perdieron a su hijo mayor hace poco en un accidente en los Alpes, su esposa llegó a poner una denuncia contra usted por malos tratos y le acusó de haber asesinado a su hijo. ¿Ahora ya no cree en su culpabilidad?

Mary recibió aquel comentario como un verdadero golpe en el alma. Era cierto lo que decían los periodistas, pero ahora intentaban salvar a su hija Michelle y estaban más unidos que nunca.

—Mi marido es un buen hombre. En ese momento yo no estaba en mis cabales, pero hoy sé que estará siempre a mi lado y que juntos encontraremos a nuestra hija —contestó Mary sin perder la serenidad ni la sonrisa.

—¿Por eso pasó tres meses encerrada en un centro psiquiátrico? —preguntó otro periodista.

Desde el fondo los policías observaban preocupados los ataques frontales de la prensa, pero no estaban autorizados a intervenir y parar todo aquel circo mediático.

—Imagino que la pérdida de una forma tan traumática de un hijo trastornaría a cualquiera. Ahora mi esposa está completamente curada —respondió Charles, abrazando a su esposa y haciendo un amago para regresar a la casa.

—¿No es cierto que intentó agredir con un cuchillo a la cuidadora pocas horas antes de la desaparición de su hija?

La última pregunta fue la gota que colmó el vaso. Mary soltó a su esposo y se adelantó un paso, con el rostro demudado.

—¡Estoy enferma, maldita sea! Simplemente quiero que mi hija regrese y termine este infierno.

Las lágrimas le corrían por las mejillas mientras, fuera de control, comenzaba a golpear con los puños a los periodistas que tenía más cerca. Se formó un gran revuelo, Charles la apartó y se dirigió hacia la puerta, pero los periodistas se abalanzaron sobre ellos casi aplastándolos.

—¿Intervenimos? —preguntó Emine.

—Deja que se den un baño de realidad —contestó cínicamente el inspector.

Anna sí reaccionó al instante, se abrió paso a empujones y cuando llegó a la altura de la pareja sacó su acreditación del FBI.

—¡Márchense!

Los periodistas empezaron a retroceder mientras la pareja desaparecía por la puerta. Kerim hizo un gesto a su ayudante y, antes de que la prensa tuviera oportunidad de perseguirlos, se dirigieron a la casa de los amigos franceses de la pareja. Había sido un día muy largo, pero aquellas eran las últimas entrevistas de la jornada. A partir de ese momento se dedicarían a tirar de los hilos y dar con los verdaderos secuestradores de la niña.

CAPÍTULO 19

Mary entró corriendo en la casa y se arrojó en el sofá. Sus sollozos pronto se convirtieron en un caudal interminable de lágrimas y su esposo no pudo hacer nada para consolarla.

—Pretendías ponerme en evidencia delante de toda la prensa. En el fondo quieres culparme a mí de lo ocurrido. Para todo el mundo soy una mala madre y una loca —dijo Mary levantando el rostro surcado de lágrimas.

—No sabía que iban a decir esas cosas. ¿Quién les ha dado esa información? —preguntó en alto mirando hacia la cocina. Sabía que únicamente alguien del servicio podía haberla facilitado.

Mandó llamar a las dos sirvientas y a Judith. Las tres mujeres se sentaron tímidamente a la mesa y dejaron que Charles volcara toda su ira sobre ellas. No era la primera vez que lo veían tan furioso.

—Quiero saber ahora mismo quién ha informado a la prensa sobre mi mujer. Además, yo no sabía que Mary había intentado agredir a Judith con el cuchillo.

—¡Tu mujer está loca! —gritó la joven cuidadora, como si de repente alguien hubiera tocado algún resorte para que saltara.

—¿Qué? ¿Cómo te atreves? —exclamó Mary, poniéndose en pie.

—¡Estás loca! Casi atraviesas a tu propia hija con el cuchillo, no me extrañaría nada que hubieras preparado todo esto para llamar la atención. Eres malvada y vieja, pero lo peor es que estás completamente loca —dijo con los ojos desorbitados.

Mary se abalanzó sobre ella y la derrumbó, comenzó a darle puñetazos y golpes en la cara.

—¡Loca! Me lo dices tú, que te acuestas con un hombre que podría ser tu padre —dijo la mujer fuera de sí.

Judith luchaba por liberarse, pero la mujer estaba sentada sobre su abdomen y no dejaba de golpearla. Charles agarró a Mary por los brazos y tiró de ella con fuerza. Logró quitarla de encima de la cuidadora y lanzarla al sillón.

—¡Quiero que os tranquilicéis! —gritó el hombre.

—Estoy harta —dijo la joven, y salió dando un portazo.

Charles corrió detrás de ella y su mujer empezó a insultarlo.

—¡Maldito cabrón! ¡Anda, corre tras esa loca!

La joven salió a la calle y comenzó a gritar a los periodistas que en ese momento comenzaban a recoger sus equipos, apremiados por el equipo de seguridad de la urbanización.

—¿Quieren saber la verdad? —preguntó a gritos Judith.

Charles salió de la casa en ese momento y la aferró de un brazo.

—No, por favor. Te lo pido por Michelle —le suplicó.

Judith dudó por un instante, pero al final se dio la vuelta y añadió, chillando:

—¡La carta es un montaje! Mary Roberts ha matado a su hija y la ha ocultado en algún sitio, posiblemente la ha lanzado al mar. Está loca, intentó matarme hace unos días. Es peligrosa y la policía debería encerrarla.

Los periodistas la miraron sorprendidos con los micrófonos en las manos, pero sin saber qué decir, hasta que comenzaron las primeras preguntas y una avalancha de medios se abalanzó sobre la joven.

—¿Está insinuando que Mary Roberts ha matado a su hija?

—No lo insinúo, estoy segura, y creo que su marido la está ayudando a encubrir ese crimen. Pido protección policial, creo que los Roberts pretenden asesinarme —dijo la joven con los ojos llenos de lágrimas.

—Señor Roberts, ¿qué tiene que decir al respecto? —preguntó una de las periodistas.

—Nada que comentar, todos estamos bajo una gran presión. Judith, por favor, regresa a la casa —dijo, tirando de nuevo del brazo de la joven.

—Déjame. Él me violó, tengo pruebas; los Roberts son unos pervertidos.

Anna Marco, que no se había alejado mucho de la casa, corrió hasta ponerse delante de la prensa.

—Por favor, no quiero volver a esa casa —dijo la joven entre lágrimas a la agente.

—Señor Roberts, entre en su casa —ordenó Anna.

Tomó del brazo a la joven y la sacó del lugar a toda prisa. La prensa los siguió unos metros, pero los guardias formaron una barrera y les impidieron continuar.

Anna llevó a la joven a un local cercano y pasaron a la parte trasera. Pidió al camarero un poco de agua para Judith y un refresco para ella.

—Ahora cálmate. Creo que has dicho muchas locuras —dijo la agente en tono suave.

—Todo lo que he dicho es verdad. El señor Roberts me sedujo, después me hizo fotos comprometidas y me amenazó con enseñarlas a mi familia. No sabe cómo son mis padres, son personas muy conservadoras y religiosas.

—Tranquila, bebe un poco.

—Mire —dijo la joven bajando un poco la camiseta por la espalda. Anna observó claramente unos moratones en su piel lechosa, así como varios mordiscos.

—¿Quién te ha hecho eso? —preguntó la mujer.

—El señor Roberts. Lleva semanas violándome, además esa loca intentó matarme con un cuchillo y acabó hiriendo a su hija. Están trastornados, creo que no han contado toda la verdad sobre lo que sucedió en los Alpes. No fue un accidente. Ellos mataron al niño y ahora han hecho lo mismo con su hija, pero como son ricos y poderosos nadie les hará nada. Tengo miedo, agente, quiero regresar a mi país con mi familia.

Anna intentó aclarar sus ideas. Las declaraciones de la joven le parecían una locura, pero estaba segura de que en todos aquellos comentarios disparatados estaba dándole información verdadera. Era su oportunidad de saber lo que realmente sucedía en aquella casa.

—Te sacaré de aquí, pero antes tienes que decirme la verdad.

—Ya se la he contado. Charles me violó. La primera vez fue como un juego, es atractivo y no voy a negarle que siempre me han atraído los hombres mayores. Comenzamos a jugar al baloncesto, mi camiseta era muy abierta y sin hombros, no llevaba sujetador y noté que me miraba el pecho. Me sentí halagada. No soy una chica muy atrevida, pero que un hombre te mire así… Cuando terminamos fuimos a la cocina para beber algo, se me cayó un poco de zumo sobre la camiseta y él comenzó a lamerlo. Al principio me reí, pero después comprendí que iba en serio; me subió a la encimera y comenzó a… Yo nunca había estado con un hombre, le dije que no continuara, pero no me hizo caso…

La agente escuchaba atentamente el testimonio de la joven. No parecía mentir, al menos en aquella parte. Judith era mayor de edad, pero si la había obligado, Charles estaba en un buen lío. Por no hablar de las implicaciones en el caso del secuestro de su hija.

—Cuando llegamos aquí pensé que se había cansado de mí, pero la noche siguiente al secuestro de su hija volvió a violarme. ¿Qué clase de padre hace una cosa así? Creo que los Roberts nos drogaron a la niña y a mí. No estoy segura de si fue para agredirnos, pero debieron dar mucha droga a su hija y murió, por eso se deshicieron del cuerpo y han montado todo este circo.

—Lo que dices es una acusación muy grave, ¿estás dispuesta a declarar delante de un juez?

—Sí, señora, pero solo si me prometen protección policial. Esos locos son capaces de hacerme cualquier cosa o contratar a alguien para que lo haga.

Anna no salía de su asombro, el caso había dado un giro copernicano. Actuaría con prudencia, allí no tenía jurisdicción. Primero debían comprobar que la carta de los terroristas no era una farsa o que un grupo oportunista había aprovechado el secuestro para darse notoriedad. Fuera cual fuera la verdad, aquello era una bomba a punto de estallar y no quería que le explotara a ella en las manos.

SEGUNDA PARTE

SOSPECHOSOS

CAPÍTULO 20

Antes de llegar a casa de los Zimler, Kerim y Emine ya se habían enterado de lo sucedido: les llegó un mensaje de texto del teléfono de la agente del FBI informándoles de que Judith estaba con ella y que necesitaba protección como testigo. Al parecer había denunciado a los Roberts por violación, abusos, intento de asesinato y secuestro de su hija Michelle.

—Mierda, creo que las cosas se van a poner muy feas —dijo el inspector a su compañera tras enseñarle el mensaje.

—¿Cree que eso es verdad? —preguntó la mujer.

—No hay nada que pueda sorprenderme en esta profesión, pero me parece muy sospechoso que se haya quedado callada hasta ahora y precisamente denuncie a los Roberts en este momento. Bueno, tendremos tiempo de interrogarla. Voy a mandar a un par de policías para que la lleven a un piso franco, hay que sacarla de la urbanización y del alcance de la prensa.

Emine llamó a la residencia de los Zimler, a quienes habían avisado de que pasarían a verlos y de que era mejor que no salieran de la urbanización hasta nueva orden.

Una persona del servicio les abrió la puerta y los dos policías entraron en la casa. No era tan grande y suntuosa como la villa de los Roberts, pero imitaba una preciosa casa de campo francesa. La criada los condujo al jardín posterior, donde la pareja estaba tomando una copa al lado de la piscina.

—Por favor, pasen y pónganse cómodos —dijo el hombre.

—Gracias. Lamentamos haber tardado tanto en venir, pero ha sido un día realmente complicado —comentó Kerim en un tono tan cortés que su compañera lo miró extrañada.

—A veces tenemos que esperar el desenlace de los acontecimientos. Una de las cosas que uno aprende con los años es que apenas podemos cambiar nuestro destino o el del resto de los hombres.

—Es cierto, señor Zimler, pero a veces es mejor así. Desconocemos el futuro y en ocasiones podríamos hacer a la gente más desgraciada que afortunada. El caso del mito de Edipo es uno de los más conocidos. A veces no podemos evitar nuestro destino —dijo el inspector tomando asiento.

La tarde comenzaba a refrescar, el césped desprendía su aliento de vida y los sauces llorones parecían balancearse, como si mecieran aquella parte de la casa. Emine sintió que se relajaba un poco y por primera vez durante esa jornada pudo pensar en sus hijos y desear que se encontraran bien. Desde que aquel caso había comenzado apenas había tenido tiempo de verlos.

La empleada les trajo un poco de limonada y los policías se tomaron unos minutos antes de comenzar el interrogatorio. Kerim era partidario de hablar con los testigos e incluso con los sospechosos en su ambiente, creía que si estaban relajados era cuando realmente decían la verdad o cometían un desliz que podía permitirle descubrir lo sucedido.

Aquel era el interrogatorio menos importante del día, por eso Emine entendía que su jefe lo hubiera dejado para el último momento.

—¿Pasan largas temporadas en Turquía? —preguntó el inspector.

—Lo cierto es que no, de hecho es la primera vez que venimos. Nos gusta veranear en la Costa Azul. Allí tengo una pequeña villa cerca de Mónaco, pero últimamente toda la costa se ha llenado de turistas pretenciosos que acuden para disfrutar del glamur de la zona, pero son gente vulgar y soez, en especial los nuevos ricos rusos y chinos. Además de ser un sistema fallido, el comunismo siempre ha generado gente de la peor calaña, ¿no está de acuerdo?

—En mi época de estudiante me interesó mucho. Como teoría me parece razonable, pero me temo que el ser humano no está preparado para ser solidario y buscar el bien común —comentó Kerim.

—En efecto. Solo con repasar la situación del mundo, comprenderemos la triste realidad del ser humano.

—Señor Zimler, ¿puedo preguntarle de qué conocía al matrimonio Roberts?

—No los conozco mucho, la verdad. Coincidimos una vez en el club de la urbanización, aunque yo no sabía que él era el empresario que diseñó la seguridad. Jugamos al golf una vez y después nos invitaron a cenar. La mujer de Charles es artista y quería que habláramos de organizar una exposición en París. La noche que desapareció la pequeña íbamos a ver algunos cuadros.

Emine dejó el vaso sobre la mesa y comenzó a tomar apuntes en su *tablet*.

—¿Cómo fue su primer encuentro?

—Lo cierto es que los dos parecían muy aburridos, pero al oírnos hablar en francés se dirigieron a nosotros. Por lo visto se conocieron en París cuando eran jóvenes, les encanta la ciudad y todo lo francés. Cuando descubrieron que yo era coleccionista y marchante de arte, Mary despertó de su letargo. Me dio la impresión de que es una mujer muy callada y taciturna, creo que está enferma y por eso se comporta de ese modo. Son efectos de la medicación, según me comentó su esposo.

Alissa se levantó y se aproximó a la piscina, tocó el borde del agua con la mano y se quitó el albornoz.

—¿Les importa si me refresco un poco? —comentó unos segundos antes de arrojarse al agua.

Se produjo un silencio, como si respetaran aquellos momentos de disfrute de su anfitriona, y cuando se hubo secado y sentado a la mesa continuaron la conversación. Kerim no pareció prestarle mucha atención, aunque Emine estaba segura de que el físico de aquella mujer no podía pasar desapercibido a ningún hombre. Era mucho más joven que Pierre y parecía más alegre y vital, como si los uniera un interés más duradero que el amor.

—¿De qué hablaron el día que jugaban al golf?

—Bueno, el señor Roberts buscaba socios, quería implantar su sistema de microchips. Pedí a la persona que gestiona mis inversiones que lo investigara un poco y al parecer las empresas del señor Roberts están al borde de la bancarrota.

Kerim pareció sorprendido, en ningún momento había tenido esa percepción. Sin duda aquello podía cambiar la perspectiva de su investigación.

—Pero de todas formas quedaron a cenar —dijo Emine.

—Sí, no estaba interesado en los negocios del señor Roberts, pero había oído hablar de la obra de Mary. Es excelente y única, aunque nadie ha sabido dirigir su carrera. Imagino que hasta entonces se lo habían tomado como un entretenimiento, pero cuando Charles olfateó que sus obras podían costar dinero, intentó vendérmelas. Mary no estaba tan convencida.

—Entiendo. —Un hombre al que van mal los negocios, una esposa enferma que es artista y tiene obras de gran valor—. ¿Qué cree que pasó la otra noche? ¿Podría estar Charles intentando presionar a su mujer para que aceptara su oferta? —preguntó Kerim, aunque era consciente de que únicamente estaban especulando. El francés no podía tener una idea tan clara de las intenciones de Charles, no lo conocía lo suficiente.

—No le vi presionar a su mujer, la noche que cenamos parecía realmente animada. Al principio se la vio un poco preocupada, se levantó para llamar a su casa, pero después se relajó, quiso que fuéramos a la villa para ver sus cuadros, parecía una mujer totalmente diferente —comentó Pierre.

—Es cierto, aunque me dijo algo inquietante —dijo Alissa, que se abrazó el albornoz como si la asaltara un escalofrío.

—¿Qué dijo que le resultó tan misterioso? —preguntó Emine.

—Estábamos hablando del matrimonio y le comenté que me sorprendía que llevaran tanto tiempo juntos. Ella contestó que eso era producto de las certezas, de lo que cada uno esperaba del otro, pero que la vida era como un teatro y que ellos estaban a punto de llegar al último acto. No sé si eso tiene sentido para ustedes.

Los dos policías se miraron. Aquellas palabras podían interpretarse de muchas formas, pero sin duda sonaban a final dramático. ¿Pensaba Mary suicidarse? ¿Querría cometer alguna locura?

—¿Qué más sucedió? —preguntó Kerim.

—Después de la cena nos propusieron ir a su casa para que mi esposo viera los cuadros de Mary. Llegamos muy animados, pero cuando ella subió para comprobar que todo estuviera bien, no encontró a su hija. Despertó a la cuidadora de malas maneras y casi la arrastró hasta la planta de abajo. Parecía fuera de sí y decía a voces «otra vez no, mi niña no». Sabíamos que habían perdido a otro hijo y la situación nos desgarraba el alma. Buscamos como locos por toda la casa, lo pusimos todo patas arriba, pero no había ni rastro de la niña. En la cama no estaban ni su osito ni ella, nos dijo Charles. Los hombres bajaron hasta la playa, pero al no hallar nada llamamos a seguridad y estos a la policía.

—¿Bajaron ustedes dos hasta la playa? —preguntó Kerim.

—Sí, queríamos agotar todas las posibilidades. Nos extrañaba que hubiera ido tan lejos, pero debíamos intentarlo.

—El señor Roberts no comprobó las cámaras. Seguro que se vería algo —apuntó Emine.

—No, las había desconectado, siempre comentaba que les robaban intimidad. Creo que únicamente las tenían en la parte de abajo —contestó Pierre.

—¿Qué supusieron ustedes que había sucedido? —preguntó Kerim.

—No sabíamos qué pensar. Nos quedamos hasta que llegó la policía y a eso de las cuatro de la madrugada nos fuimos a descansar, no podíamos hacer nada más. Fue realmente horrible —comentó Alissa.

—No queremos robarles más tiempo, si recuerdan algo nuevo no duden en avisarnos. Muchas gracias por su colaboración. Por favor, no salgan del país por el momento —comentó el inspector.

—¿Por qué? ¿Acaso somos sospechosos? —preguntó el francés.

—No, pero un juez podría necesitar su declaración.

—¿Cree que la han secuestrado unos terroristas? —inquirió Pierre.

—Al menos eso parece por ahora —contestó Kerim.

—La chica esa ha salido en las noticias acusando a los Roberts. No es que dude de ellos, pero no parecían unos padres muy convencionales —señaló Alissa.

—¿Por qué lo comenta? —preguntó Emine.

—El día que los conocimos en el club ignoraron completamente a su hija. No vi ninguna muestra de cariño o afecto hacia ella, y cuando desapareció la otra noche, Charles parecía como ausente. Es cierto que Mary estaba destrozada, pero pasados unos minutos se calmó y tampoco mostró desesperación —dijo la mujer.

—Seguramente se medicaron —comentó Pierre.

Kerim y su ayudante se pusieron de pie y los franceses se despidieron de ellos sin levantarse de la mesa, como si fueran dos viejos conocidos que no tardarían en verse.

Al salir de la casa y dirigirse al coche, Emine no podía dejar de pensar en todo lo que había sucedido aquel interminable día.

—Estamos en un punto crítico. La confusión es una reacción normal ante tal saturación de información, mañana algunas cosas comenzarán aclararse —dijo Kerim, como si intuyera el estado de ánimo de su compañera.

—¿Piensa que unos padres son capaces de matar a su propia hija y ocultarlo?

—No lo sé, por ahora seguiremos la hipótesis del secuestro. Les han pedido un rescate.

—Pero la denuncia de la cuidadora…, ¿qué vamos a hacer al respecto? —preguntó la mujer.

—Esperar. La chica quería salir de la casa y tal vez utilizó todo ese espectáculo para escapar. No se da cuenta de las consecuencias de sus acusaciones, puede poner a los Roberts en una situación difícil. La verdad es que me dan pena. No dejan de ser unos padres que están sufriendo.

Emine miró sorprendida a su superior. Era la primera vez que mostraba sus sentimientos hacia un caso, y le gustaba pensar que era mucho más humano que lo que parecía a simple vista.

—Mañana el caso estará en la portada de todos los periódicos del mundo, por no hablar de las televisiones, las radios y los foros de internet. Los van a crucificar, tendremos que poner una barrera de contención para que no se hundan, aunque no estoy seguro de que vayan a escuchar nuestros consejos. No puedo obligarlos a nada.

Subieron al coche y, al salir de la urbanización, cientos de reporteros los esperaban al otro lado de la puerta. Se taparon las caras y aceleraron el paso, pero antes de alejarse cegados por los flashes ya sabían que en los siguientes días vivirían un verdadero infierno, aunque nada comparado con lo que esperaba a los Roberts, se dijo Emine mientras regresaban al centro de la ciudad. Sonó la llamada a la oración desde los minaretes y Kerim la dejó cerca de su casa.

Cuando estuvo solo se encaminó a la gran mezquita y dejó el coche en una zona reservada para la policía. Se quitó los zapatos en la entrada. Hacía mucho tiempo que no rezaba, pero le pareció que aquel era un buen momento para comenzar de nuevo. Dios y él llevaban un tiempo enfadados, pero es que a veces los hombres no entienden la forma de ver el mundo que tiene un ser omnisciente, se dijo Kerim. La vida es siempre cuestión de perspectiva.

CAPÍTULO 21

Por la cabeza de Mary pasaron mil ideas, pero intentó quitárselas de la cabeza. Sabía que su mente a veces no regía bien, llevaba más de un día sin tomar la medicación y su cuerpo experimentaba de nuevo los cambios que ya había vivido con anterioridad. Se sentía más despierta, pero el cuerpo parecía pesarle como una losa; no sufría cambios de ánimo tan seguidos, aunque la ira la incendiaba más rápidamente. Lo sucedido unos minutos antes había terminado de destrozarla. Aquella maldita puta… Además de acostarse con su marido estaba gritando a los cuatro vientos que era la culpable de la muerte de su hijo y la desaparición de su hija.

En ese momento se sentía tan extraviada que intentó evocar aquella mañana en los Alpes y la noche en que desapareció Michelle. Su memoria tenía lapsus, parecía ver sus recuerdos a través de una bruma de confusión. Mezclaba fechas y acontecimientos, sobre todo después de su estancia en el psiquiátrico. De hecho casi había olvidado aquellos meses. Debieron de tenerla sedada prácticamente todo el tiempo.

Al parecer el psiquiatra había recomendado a Charles que la inhabilitara, pero él se había negado. Aún la amaba o al menos eso pensaba ella.

Aquella mañana en los Alpes estaba con la niña en su habitación. También recordaba que la noche anterior había salido del hotel, pero no qué la había empujado a hacerlo. Recordaba el frío en las manos, la nieve en la uñas, la cara congelada por la helada y el choque al entrar de nuevo en el establecimiento.

Tampoco tenía una idea muy clara de los momentos previos a su salida hacia el restaurante la noche de la desaparición de su hija. Se encontraba mejor que en los últimos días, Charles y ella habían hecho el amor en la piscina, después de meses sin tocarse, pero no recordaba el momento en que se había vestido. Veía la cara de la niña medio borrosa sobre su cama y el osito con el que siempre dormía, su único recuerdo nítido era el viaje en el coche de golf y la llegada al restaurante.

Los médicos le habían asegurado que sus pérdidas de memoria eran normales. Tenían que ver con la evolución de la enfermedad y su negativa a tomar la medicación. Nadie lo entendía, pero en su cabeza circulaban cientos de ideas que era muy difícil controlar. Sentía hacia Charles una mezcla de odio y amor. En algunos momentos le tenía miedo, y acto seguido deseaba con todas sus fuerzas asesinarle.

Mientras intentaba descansar en su cama pensó en la discusión con Judith. Era por la mañana, acababa de levantarse, la niña le importunaba con algo que había hecho con la cuidadora, una especie de figura de barro, ella sentía que le iba a estallar la cabeza y pidió a la chica que se llevara a la pequeña. Judith le gritó y le dijo algo parecido a «es tu hija, puta». No pudo evitar enfadarse, comenzaron a discutir, la chica le insinuó que su familia le pertenecía a ella, que ya nadie la quería, que era una vieja loca y amargada. Entonces tomó el cuchillo y su hija corrió hacia ellas para separarlas. Gritaba: «No, mamá, te quiero más a ti», pero Mary ya había perdido el control. Intentó agredir a Judith con el cuchillo, pero la chica la esquivó y la hoja rozó el dedo de la niña. La pequeña comenzó a sangrar y ella no supo qué hacer, como si se hubiera quedado paralizada. Las criadas curaron a las niñas y ella se fue a la playa, como si no hubiera ocurrido nada.

A veces pensaba que de verdad estaba loca; aquel tipo de comportamientos no eran normales. La última vez que había visto a su hija la había herido con un cuchillo. A veces uno debía cuestionarse todo, incluso sus principios, para encontrar la verdad. Ella lo deseaba con todo su corazón, necesitaba saber, descubrir lo sucedido. Si había hecho daño a su hija no haría falta que nadie la castigase, ella misma se cortaría las venas y dejaría de derramar dolor y hiel por el mundo.

La noche llegó sin prisa, como cuando uno intenta matar el tiempo pero este parece remolonear e intentar caminar de puntillas, muy despacio. Al oír que se abría la puerta la invadió una mezcla de miedo y alivio. Odiaba estar sola y dejar que sus pensamientos la invadieran por completo, al menos cuando hablaba con alguien su voz interior cesaba y parecía regresar la persona que había sido durante esos cuarenta años.

—¿Puedo pasar? —preguntó su marido.

Sintió un escalofrío. Los dos estaban solos en la casa, le daba miedo pensarlo.

—Sí.

—Creo que tenemos un problema. Ahora todo el mundo piensa que le hemos hecho algo a nuestra hija. No hay nada que le guste más al populacho que crucificar a dos personas de éxito, jóvenes y ricas.

—No te entiendo.

—No pararán hasta culparnos de la desaparición de Michelle, no podemos consentirlo —dijo el hombre, acercándose a la cama.

—¿Y qué quieres que hagamos?

—Tenemos que salir de la casa y escondernos en algún sitio más seguro.

—¿Te has vuelto loco? Los secuestradores no tardarán en ponerse de nuevo en contacto con nosotros. No podemos irnos de aquí.

—Ya lo han hecho. Hemos de irnos discretamente y recoger el dinero que nos acaban de transferir tus padres. Los secuestradores han llamado a mi teléfono móvil, no sé cómo lo han hecho. Volverán a dar instrucciones, pero mientras estemos vigilados por la policía no podremos pagar el rescate y recuperar a Michelle.

—Pero no podemos huir de la casa sin ser vistos.

—Hay una manera, olvidas que yo construí este lugar.

Mary miró asombrada a su esposo, no sabía qué pensar. Le atemorizaba la idea de salir de la casa, pero más aún que pudieran hacer algún tipo de mal a su hija.

—¿Cuándo has pensado que nos marchemos?

—Esta noche, ya está todo está listo.

La mujer sintió un nuevo escalofrío, pero se levantó de la cama, se vistió, se puso una cazadora y una gorra, y después siguió a su marido como siempre había hecho. Sus destinos habían quedado unidos hacía muchos años, para bien o para mal, si se separaban algún día no tardarían en morir: ya no podían vivir el uno sin el otro.

CAPÍTULO 22

Emine tenía un mal presentimiento. Las cosas se estaban torciendo muy deprisa en la investigación y parecía que en los próximos días podían ir a peor. Los Roberts eran una pareja muy vulnerable, pero sobre todo, la presión mediática y la denuncia de la cuidadora de Michelle podían terminar con la poca estabilidad emocional de Mary y la paciencia de Charles.

La mujer se incorporó en la cama y se puso a repasar los interrogatorios del día en su portátil. Las criadas habían hablado de sus jefes con respeto, pero con cierto recelo, y también se había puesto de manifiesto la animadversión entre Judith y su jefa. No cabía duda de que las dos mujeres se odiaban mutuamente debido a una rivalidad, ya fuera por el amor de la niña o por el del marido. ¿Habría bastado eso para que alguna de las dos cometiera una locura? La pelea de la mañana anterior al secuestro demostraba que Mary podía ser muy violenta y, por lo que ella había leído, era posible que sus reacciones se debieran al párkinson.

La revelación de Pierre Zimler sobre la situación económica de la familia abría nuevas líneas de investigación. ¿Estaría Charles intentando extorsionar a sus suegros y padres para sanear sus empresas? ¿Sería capaz un padre de actuar tan vilmente? Le costaba, pero era consciente de que cada persona era un mundo y resultaba muy difícil ponerse en la mente y la piel de los sospechosos.

Le llegó un correo electrónico de su jefe y enseguida comprendió que Kerim se encontraba tan confundido como ella. Dejó la cama, miró a sus hijos para comprobar que se encontraban bien y se dirigió al salón. Aquella casa era pequeña, pero no la cambiaría por nada del mundo, para ella había significado libertad, esperanza y futuro. Era muy feliz, no necesitaba a un hombre que le dijera lo que debía hacer o la despreciase. Por fin se sentía dueña de su destino.

Tomó el teléfono y marcó el móvil de su jefe, que no tardó en contestar.

—¿Emine? ¿Se encuentra bien?

—Sí, pero como he visto que no dormía, pensé que estaría dándole vueltas al caso.

—Pues sí. Todo se complica por momentos. Al principio creí que se trataba de un secuestro organizado por delincuentes o terroristas, pero cada vez albergo más dudas —dijo el inspector mientras se tumbaba de nuevo en la cama. Miró la habitación desordenada y escuchó el sonido del mar al otro lado de la calle.

—¿Volverá a hablar mañana con Judith y Mary? —preguntó la subinspectora.

—Sí, también quiero que Charles me aclare lo de sus deudas.

—¿No deberíamos comprobarlo antes? —preguntó Emine. No se fiaba mucho de la palabra de un completo desconocido.

—Ya lo he hecho. También he repasado los nombres de las antiguas cuidadoras de Michelle y Charly, puede que también ellas sufrieran los abusos que denuncia Judith o que sepan algo importante sobre la pareja —comentó el inspector.

—¿Qué piensa de la agente del FBI?

—Me esperaba algo así. Los norteamericanos no se fían de nadie y mucho menos de nosotros, para ellos somos musulmanes radicales y peligrosos terroristas. A partir de ahora nos guardaremos alguna información y no la pondremos en los informes, correos electrónicos y otros dispositivos —dijo él.

—Puede que estén escuchando esta conversación —adujo su compañera.

—A partir de este momento, lo que tengamos que decirnos lo haremos en persona. Una última cosa: investigue a los franceses y filtre a la prensa la noticia de que hemos detenido a dos sospechosos.

—¿Se refiere a los jardineros? —preguntó Emine.

—Sí, no creo que tengan nada que ver, pero al menos así los medios estarán entretenidos unos días.

—De acuerdo —dijo ella, poco convencida.

Le parecía injusto que dos inocentes pagaran las culpas ajenas. Serían expuestos al escarnio público y, aunque luego se confirmara su inocencia, quedarían marcados para siempre.

—A lo mejor deberíamos soltarlos, ya que no tenemos nada contra ellos. Lanzar eso como carnaza a la prensa no me parece muy correcto —se atrevió a comentar a su jefe.

Se hizo un largo e incómodo silencio tras el cual Kerim carraspeó, como si estuviera fumando un cigarrillo. Cuando hablaba con ella a veces notaba como si se le secara la boca y se sentía confundido.

—Tiene razón. No dé los nombres a la prensa, únicamente que tenemos una línea de investigación abierta y que estamos investigando a varios sospechosos —dijo el inspector.

—Está bien, será mejor que durmamos un poco —comentó Emine, que comenzaba a sentirse realmente cansada.

—Descanse. Me temo que mañana será un día igual o peor que el de hoy.

La subinspectora colgó el teléfono y se dirigió de nuevo a su cama. Por el camino vio a su hijo pequeño destapado y se acercó. Verlo calmado y con su cara angelical le devolvió la sonrisa, pero después pensó en Michelle, en el miedo que estaría pasando, y temió que le hubieran hecho un daño irreparable o hubieran terminado con su vida. Si algo odiaba profundamente era la destrucción de la inocencia. Tenía la sensación de que, poco a poco, el mundo destruía la capacidad de los niños para creer, su deseo innato de aprender y, sobre todo, esa credulidad que convertía en magia todo lo que había a su alrededor. En algún punto la humanidad se había olvidado de la virtud de creer, había pasado la edad de las utopías y los fanáticos parecían reinar a sus anchas. Recordó un comentario de su hijo el día anterior: cuando descubrió que la magia eran trucos montados por los ilusionistas, se sintió tan decepcionado que se echó a llorar. Para él el gran telón del mundo se había descorrido, la vida comenzaba a convertirse en algo intranscendente. Emine pensó que esa levedad, esa inconsistencia estaba destruyendo a la humanidad y deseó creer con todas sus fuerzas, imaginar un mundo mejor y una sociedad más justa, pero el rostro de Michelle volvió a golpearle en la cara, impidiendo una vez más que se atreviera a soñar como cuando era niña y todo era posible.

CAPÍTULO 23

La luna se reflejaba en el mar en calma. Ese día había sido tan caluroso que el frescor de la noche los sorprendió. En una puerta disimulada situada justo detrás de su habitación Charles había buscado dos trajes de neopreno, unas escafandras y aletas para buceo. Mary lo miró con incredulidad, pero al final aceptó acompañarlo. Cuando llegaron a la playa y se ajustaron las aletas y abrieron el oxígeno, la mujer se volvió hacia él.

—Creo que nos estamos precipitando —le dijo—. Si desaparecemos todo el mundo creerá que hemos sido nosotros.

—Llegados a este punto da igual lo que piensen, ya nos han juzgado. Lo cierto es que no me importa, pero temo que si nos quedamos la policía nos impida el pago del rescate y perdamos a Michelle, sabes que es lo único que nos queda. Nuestra vida, nuestro matrimonio, no tendrá sentido si le pasa algo. Llevamos juntos desde muy jóvenes, lo hemos compartido todo, también la pérdida de Charly. No ha sido fácil, Mary, para ninguno de los dos —dijo el hombre con un nudo en la garganta.

—Lo sé, pero cada uno lo ha afrontado de una manera. Yo me he encerrado en mí misma, dejando de lado a Michelle y despreciando la vida, como si fuera un insulto continuar con ella después de perder a Charly. Tú en cambio has tenido que enfrentarte a atender la casa, mantener a la familia y cuidar de la niña. Sé que durante mucho tiempo te he rechazado, pero no puedo perdonar lo que hiciste con Judith —dijo Mary, atreviéndose por primera vez a sincerarse con su marido. Los celos y el resentimiento eran un veneno difícil de expulsar, pero si uno dejaba que le recorriera todo el cuerpo terminaban consumiéndole el alma.

—Yo no te he engañado...

—No más excusas. Si quieres que vaya contigo, a partir de este momento hemos de ser sinceros el uno con el otro y decir la verdad. Las mentiras nos han separado tanto como la fuerza inexorable de los reproches y los silencios.

Al escucharla hablar así, Charles recordó por qué la amaba. Mary siempre había sido su alma gemela. Esa extraña y misteriosa fórmula capaz de hacerle feliz aun en medio del dolor y el miedo. Se dio cuenta de cómo la extrañaba, no quería volver a sentirse solo otra vez.

Se abrazaron, pero fue mucho más que la unión de sus pieles en medio de una playa solitaria, fue ante todo un abrazo de sus almas.

Charles se preguntó por qué se habían encerrado en aquel paraíso artificial, al final se habían convertido en sus padres sin darse cuenta. Lo único que les importaba era el dinero, el prestigio y esa sensación absurda de sentirse únicos.

—Deja que te quite el chip, luego ayúdame tu a sacar el mío de la espalda. —Terminado el proceso, mientras ya se colocaba las gafas y el oxígeno, añadió—: Será mejor que nos marchemos.

Mary se sintió abrumada. A veces la oportunidad de volver a ser feliz se presenta en las grandes disyuntivas, cuando todo lo que uno creía seguro parece derrumbarse y hay que confiar de nuevo en el instinto y dar un salto al vacío.

—Te quiero Charles —dijo antes de entrar en el agua.

El traje les protegió del agua helada. Se sumergieron lentamente hasta que la oscuridad lo envolvió todo, encendieron las linternas del traje y nadaron despacio, como si exploraran el litoral. Tras quince minutos Charles le indicó que se dirigieran de nuevo a la costa. Mary notó que le faltaba el aire, como si la botella estuviera vacía de repente. Hizo una indicación a su marido, pero este no pareció percatarse.

Mary intentó ascender, pero la corriente era muy fuerte y la llevaba directamente a los riscos. Luchó contra las olas y logró sacar la cabeza. Tenía las gafas empañadas y sentía el corazón desbocado. Miró a ambos lados, pero no vio a su esposo.

—¡Charles! —gritó en medio de las aguas.

No había ni rastro de él. Se preguntó si le había sucedido lo mismo, pero había tenido menos suerte y no había logrado salir a la superficie. Se dirigió a la orilla. Cuando salió a una playa de rocas situada al oeste de la urbanización, se desprendió de las gafas y la bombona y buscó con la pequeña linterna por los riscos. No halló señal alguna de Charles. La idea de estar completamente sola la aterró. No se sentía con fuerzas para luchar, su marido tenía el control de todo, hasta la posibilidad de comunicarse con los secuestradores. Solo le había hablado de la taquilla en la estación de autobuses donde ocultaba los pasaportes y el dinero para el rescate. Se sentó en una roca y comenzó a llorar. Tenía la extraña sospecha de que siempre que la felicidad llegaba a su vida, el mundo se confabulaba para destruir todo lo que amaba.

CAPÍTULO 24

Nunca había sucedido nada igual. Tres días después de la desaparición de Michelle sus padres también se habían esfumado sin dejar rastro. Al principio nadie se dio cuenta. La casa tenía una vigilancia discreta y los policías se mantenían a cierta distancia, pero tras la llegada del servicio saltó la voz de alarma. El matrimonio Roberts había desaparecido como si los hubiera tragado la tierra.

Kerim y su ayudante se enteraron a primera hora de la mañana, mientras se dirigían a la urbanización. Cuando llegaron a la puerta, además de la pesada corte de periodistas y fotógrafos, encontraron a Anna Marcos.

—Hola —dijo la agente del FBI muy seria. Para ella aquella situación también era completamente nueva y anómala, aunque imaginaba la misma explicación que el resto de policías.

—Hola —respondió secamente el inspector.

—Los Roberts han desaparecido —comentó la agente.

—¿Cómo? La casa estaba vigilada, es imposible que hayan salido de la urbanización, al menos en coche —dijo el inspector.

—Pueden haberse fugado de varias formas —expuso Anna Marcos.

—¿Realmente piensa que se han fugado? —preguntó Emine algo extrañada. ¿Cómo iban a desaparecer unos padres que estaban pendientes del rescate de su hija?

Los tres entraron en el jardín y vieron la docena larga de policías que andaban por todas partes.

—Sargento, saque a toda esta gente de aquí —ordenó Kerim.

—Estábamos tomando huellas y otros indicios —se quejó el sargento, pero un gesto del inspector bastó para que sacara de inmediato a todo el equipo.

Kerim registró la casa con la ayuda de Emine y Anna. En el cuarto de Charles descubrieron una pequeña puerta que con las prisas habían quedado mal cerrada. Dentro había algunos hilos que tomó de muestra, unos ganchos para colgar algo, gotas que habían dejado unas manchas de sal en el suelo de ese pequeño armario y restos de comida. Charles había escondido allí su equipo de buceo y el resto de las cosas que quería llevarse antes de desaparecer.

—¿Por qué esto no aparece en el plano de la villa? —se preguntó el inspector.

Era consciente de que, por seguridad, en ocasiones los dueños de las casas no incluían ciertas partes de la vivienda, como las habitaciones del pánico, pero todo aquello era muy misterioso.

—Alguien podría haber escondido aquí a la niña hasta sacarla de la casa —comentó Anna.

—Creo que la gotas de sal pueden ser de ropa mojada por el mar, estos hilos parecen de trajes de neopreno, restos de comida…

—Inspector, ¿cree que sacaron a la niña por mar y que primero la tuvieron encerrada aquí? —preguntó la agente.

—Es más que probable. Es un escondite perfecto.

—Pero se habrían oído sus gritos en cuanto se despertara —objetó Emine.

—A no ser que la tuvieran sedada un día entero —respondió el inspector.

—¡Pero eso es muy peligroso! —exclamó Emine.

Los tres continuaron registrando, después salieron al jardín y desde allí a la playa. Miraron la arena, donde aún podían verse unas huellas que se perdían en el mar. Las pisadas correspondían a dos personas y se internaban en la parte este de la orilla.

—Dos personas entraron en el agua y bucearon hacia allí —señaló el hombre.

—¿Por qué se iban a ir en plena noche y de esta manera? —preguntó Emine sin creerse todavía lo sucedido.

—Judith los acusó de cargos muy graves —dijo la agente del FBI—, sus declaraciones me pusieron los pelos de punta. Imagino que les llegó mi informe.

—Sí, señora Marcos, pero no estoy seguro de que esa chica diga toda la verdad.

—La mejor prueba de ello es que los Roberts han huido —comentó la agente del FBI.

—Hay varias razones que podrían explicarlo —alegó Kerim, algo ofuscado por la actitud arrogante de la norteamericana.

—¿Sí? ¿cuáles?

—Que los secuestraran a los dos, que uno secuestrara al otro, que huyeran por el temor a las acusaciones, que pensaran que no les dejaríamos pagar el rescate y contactaran con los secuestradores de otra forma…

Anna lo miró con cierto escepticismo; aquel tipo le parecía todo lo contrario a un buen policía. Su aspecto arrogante, sus formas de caballero del siglo pasado, su desdén cuando le hablaba. Sabía que muchos hombres eran extremadamente machistas, lo que no entendía era cómo lo soportaba su compañera. Tal vez no le quedase otro remedio.

—Sea como fuere, tiene que incluir la desaparición de los Roberts en la lista internacional de desaparecidos, bloquear sus cuentas, sus pasaportes y todo lo que puedan usar para darse a la fuga —comentó la agente.

—Menos mal que la tenemos a usted aquí —comentó sarcásticamente el inspector.

—Deberíamos avisar a la familia, aunque por ahora no es inteligente darlo a conocer a la opinión pública —dijo Emine.

—¿Cómo vamos a ocultar algo así? Filtrarán la información y será peor aún.

Kerim sabía que Anna tenía razón, pero necesitaban ganar algunas horas antes de que se divulgara lo sucedido.

—Lo anunciaremos esta tarde. Por favor, ¿puede llamar usted a los padres de los desaparecidos? Necesitamos que alguien de la familia venga de manera urgente. Los secuestradores pueden querer hablar con una persona allegada —dijo el inspector.

—Si han huido para pagar el rescate, se pondrán en contacto con ellos de alguna manera; en el caso de que los asesinos hayan sido los padres, estamos ante una fuga —se quejó Anna, ante la aparente pasividad de los policías turcos.

—Nosotros dirigimos la investigación y se hará a nuestra manera. Las sirvientas no pueden salir de la casa hasta la noche, quítenles todos los teléfonos y cualquier acceso que tengan con el exterior. Los Roberts tienen que estar en alguna parte, maldita sea.

Anna los dejó solos en la playa y subió las escaleras furiosa. Comenzó por llamar a su superior y a continuación se puso en contacto con los padres y los suegros de Charles Roberts. No fue una misión sencilla. Nadie entendía lo sucedido, cómo dos personas adultas en una urbanización cerrada y vigilados por policías podían desaparecer sin más.

Kerim se acercó a la orilla hasta notar el agua fresca del mar en la punta de los pies. Miró los riscos que había sorteado la pareja. Parecía realmente complicado pasar las rocas y llegar hasta la playa situada a unos dos o tres kilómetros, sobre todo con el mar revuelto.

—Vamos a esa playa —dijo Kerim. Debía comprobar con sus propios ojos cómo se habían desarrollado los acontecimientos.

Ya se disponían a emprender el camino cuando el sargento de la policía llegó con un papel dentro de una bolsa transparente.

—Señor, ha llegado otra nota.

Kerim y su ayudante se miraron sorprendidos. Los terroristas existían de verdad, el tiempo se acababa y ahora tenían que encontrar a los padres de Michelle para poder sacarla del infierno en el que estuviese sumida.

CAPÍTULO 25

Los padres de Mary recibieron las nuevas noticias de boca de una agente especial llamada Anna Marcos. Llevaban varios días pendientes de las noticias, los mensajes de su hija y el teléfono. El día anterior habían tenido que ver por la televisión nacional las declaraciones de Judith, la cuidadora de Michelle, pero conocer la desaparición de su hija los había hundido en una desesperación casi total.

—Será mejor que se lo digamos a Scott —dijo Sam. Su expresión de decaimiento terminó con los intentos de Hillary de demostrar entereza.

Sobrepasados por las noticias, los dos ancianos se abrazaron. Primero la muerte de su nieto Charly, después la desaparición de Michelle y ahora la de su hija y su yerno.

—Parece que estemos sufriendo una maldición —dijo Hillary, que pese a no ser muy dada al dramatismo, se sentía superada por los últimos acontecimientos.

—Todo el mundo sufre, algunos de maneras terribles. Piensa en esas personas que perdieron a toda su familia en una guerra, un accidente o por la persecución de individuos como los nazis —comentó Sam.

—Lo sé, no me estoy quejando, simplemente creo que se trata de una prueba demasiado dura, no puedo soportarlo.

—¿Quieres que vaya yo solo a Turquía? —preguntó el hombre, sabiendo a ciencia cierta cuál sería la respuesta de su esposa.

—¿Te has vuelto loco? Iremos los dos en el próximo avión. Mejor aún, alquilaremos un *jet* privado.

—¿Le enviaste el dinero a Charles? —preguntó el hombre.

—Sí, a una cuenta personal, pero no estaba a nombre de Charles; dijo que era para que la policía no nos pudiera acusar de financiar a terroristas —comentó Hillary.

Sam frunció el ceño, no le gustaban ese tipo de transacciones. Ellos eran políticos y sus enemigos los vigilaban constantemente. Manejar dinero en cuentas ilegales era una bonita forma de terminar con varias generaciones de políticos prestigiosos.

—Si no hay otra solución…, aunque ese es ahora el menor de nuestros problemas. Tenemos que encontrar a Mary y la niña. ¿Qué piensas de Charles? La verdad es que hace tiempo que no confío en él.

Hillary miró a su marido de arriba abajo y con un gesto de fastidio lo apremió para que terminase los trámites para viajar a Turquía lo antes posible.

—Todos hemos sido jóvenes, Sam, y hemos cometido errores. Nuestra hija tampoco es una santa. Ahora parece más encaminada, pero durante su etapa en Francia y los primeros años de matrimonio hizo cosas que hasta a nosotros nos escandalizarían, y eso que vivimos los años sesenta.

Sam sabía que su esposa tenía razón en parte, pero él no se refería a los experimentos sexuales o el coqueteo con estupefacientes, lo que quería decirle era que Charles no era de fiar. Él consideraba que su yerno no trataba bien a Mary ni a los niños, a veces pensaba que era un psicópata sin empatía hacia nadie. El tipo de persona narcisista capaz de cualquier cosa por salirse con la suya o salvar su trasero.

Dos horas más tarde se encontraban en el aeropuerto. Hillary odiaba volar, pero llevaba tantos años dedicada a la política que los aeropuertos eran su segunda casa. Se dirigieron directamente a la dársena de vuelos privados y una joven azafata los condujo hacia un pequeño avión de color rojo.

—Los padres de Charles no han dado señales de vida —dijo Sam.

—Son del tipo de gente con la que no se puede contar, pero eso ya lo sabías.

—Hillary, estamos hablando de su hijo y su nieta.

—Siempre te ha costado conocer y entender al mundo, has tenido suerte de terminar conmigo.

Cuando entraron en el aparato vieron los pies de un hombre que parecía totalmente recostado en uno de los asientos.

Hillary frunció el ceño y se volvió para ver la cara regordeta de su esposo. Este encogió los hombros y dejó su maletín en el suelo.

—Hola, madre, yo también me alegro de verte —dijo un hombre de poco más de cuarenta años. Scott, el hermano de Mary, se puso en pie; con sus casi dos metros de altura tocaba el techo con la cabeza. Había sido una estrella del baloncesto y aún conservaba en parte su buena forma física.

—No hacía falta que vinieras, imagino que estás muy ocupado en la Comisión Estatal para los Juegos de Azar.

—Siempre busco tiempo para la familia, ya sabes cómo soy.

Se dieron un beso, después cada uno se acomodó en un asiento y quince minutos más tarde el avión surcó los cielos de Estados Unidos rumbo al océano que había de atravesar. Hillary se hizo la dormida mientras los dos hombres tomaban unas copas e intentaban matar el tiempo viendo un partido de fútbol americano. Los tres estaban preocupados y ansiosos por Mary, sabían que se había vuelto inestable y que la vileza de su marido no la ayudaba mucho, pero no habían imaginado que las cosas iban a precipitarse de esa manera. A veces la vida parecía correr cuesta abajo y sin control, a punto de descarrilarse y producir una verdadera catástrofe. Hillary recordó el rostro de su única nieta, pensó en cuánto la echaba de menos y rezó para que se encontrase bien.

CAPÍTULO 26

Mary no sabía cómo había llegado hasta esa zona. Primero había registrado toda la playa esperando hallar a Charles, aterida y nerviosa por los ruidos que se oían en la oscuridad. Después se había sentado en una roca para esperar a su marido, con la esperanza de que él la estuviera buscando y se hubiera despistado buceando más al este. Aunque lo que más temía era que, como a ella le había pasado, su bombona se hubiera acabado antes de tiempo.

Cuando comenzó despuntar la luz del amanecer se levantó y comenzó a caminar. Se adentró en unos pinares muy cerca de la carretera. Tras dos horas de marcha llegó a una especie de pueblecito de pescadores. Las casas de colores vivos, pero con la pintura renegrida por la humedad o desconchada por los años, parecían apelotonarse en un espacio exiguo, en medio de la nada, a medio camino de la ciudad y los complejos hoteleros. Mary no había salido de la urbanización desde su llegada a Turquía. Desconocía el idioma, no tenía dinero ni pasaporte. Pensó en regresar, pero recordaba que, antes de salir de la casa, su marido había hablado con el jefe de seguridad sobre una taquilla en la estación de autobuses de la ciudad en la que había dejado los pasaportes, dinero y otras cosas que podían necesitar. La mujer imaginaba que alguien le había ayudado a trazar ese plan y, aunque estaba preocupada por la suerte de su esposo, lo estaba aún más por la de su hija. ¿Cómo contactaría con los secuestradores?

Antes de llegar al centro del pequeño pueblo pensó en darse la vuelta y entregarse a la policía; al fin y al cabo no había cometido ningún delito. Podía aducir que su marido y ella estaban haciendo un poco de submarinismo para relajarse y que se habían perdido, pero temía que las sospechas por la ausencia de Charles recayeran sobre ella, que la encerraran de por vida en un psiquiátrico y no volviera a ver con vida a su hija.

En una pequeña plaza de forma irregular había dos hombres cargando cajas en una furgoneta destartalada. La mujer se acercó a ellos con algo de temor, pero con la esperanza de que pudieran acercarla a la ciudad. Aún se encontraba a una considerable distancia de Antalya.

—¿Hablan mi idioma? —les preguntó en inglés.

—¿Qué es lo que sucede, señora? —le preguntó el de más edad, un tipo de unos cuarenta años, de barba larga y ojos negros.

—¿Se dirigen a Antalya?

—Dentro de unos minutos, cuando terminemos de cargar la furgoneta —comentó el hombre, mientras el más joven continuaba cargando cajas sin quitarle el ojo de encima.

—¿Podrían acercarme a la ciudad? Se me ha estropeado el coche.

El hombre sonrió. Le faltaban algunos dientes y su piel morena estaba cubierta de sudor. Mary sintió su mirada y en ese momento se dio cuenta de que su pequeño pantalón y su blusa apenas cubrían su cuerpo voluptuoso y atractivo.

—Suba, ahora mismo salimos —dijo el hombre, indicando la cabina del conductor.

Ella titubeó unos momentos, pero al final subió. El interior del vehículo olía a comida rancia y tabaco, pero era una forma como otra cualquiera de llegar a la ciudad. Durante su época de estudiante había hecho algunos viajes de mochilera, también durante su visita a Europa. Ya no era la chica aventurera y alocada de unos años antes, pero siempre había logrado escapar de las situaciones difíciles.

Un par de minutos más tarde los dos hombres entraron en la cabina, cada uno por un lado. El mayor se puso al volante y el más joven, con el pelo cubierto por un gorrito rojo, se pegó a su cuerpo. Mary notó el sudor y calor del joven, que no paraba de mirarle el escote.

La furgoneta se puso en marcha y salió al camino secundario que bordeaba la costa, paralelo a la autopista que estaban terminando. Los traqueteos y los baches la empujaban contra uno u otro hombre. Los dos hablaban en árabe y se reían a costa de los pechos de la mujer, que con el traqueteo parecían salirse del escote.

En ese momento Mary se dio cuenta de que no había sido una buena idea, pero era demasiado tarde para volver atrás. Cuando llevaban poco más de quince minutos, la furgoneta torció a la izquierda, pasó por un pequeño túnel y comenzó a subir hacia las montañas. Estaba segura de que aquel no era el camino, pero tampoco sabía qué hacer. Decidió esperar; siempre tendría tiempo de correr y esconderse en el bosque, aunque su enfermedad le había quitado la fuerza y rapidez que había tenido en el pasado. Llevaba varios días sin medicarse y comenzaba a notar que el cuerpo se le agarrotaba y que en ocasiones las extremidades no la obedecían.

El vehículo ascendió un poco más hasta llegar a una pista de montaña, se apartaron a un lado y se detuvieron.

—Este no es el camino a la ciudad—dijo la mujer.

—Tengo que mear —respondió el más joven, y salió del vehículo de un salto.

El otro hombre se la quedó mirando, paró el motor y se volvió hacia ella.

—Todavía no me has dicho cómo vas a pagarme la gasolina que estoy gastando contigo.

—Si me llevan a la ciudad les daré una buena suma de dinero —respondió ella, notando que se le aceleraba el corazón.

—¿Quién ha hablado de dinero? Eres muy guapa, una verdadera hembra. Seguro que nunca lo has hecho con un turco; cuando vivía en Holanda las rubitas blancas estaban locas por mí.

—Señor, será mejor que me lleve a la carretera, no quiero meterme en líos —dijo la mujer, pero al ver que el hombre se acercaba lentamente a ella, se cambió de asiento e intentó abrir la puerta, pero estaba bloqueada.

—No te resistas, lo pasarás mejor si simplemente te dejas llevar.

Mary miró a un lado y al otro. En la parte trasera había una pequeña ventana abierta, así que pegó un salto y se introdujo por la abertura. Estaba con medio cuerpo fuera cuando notó que el hombre le tiraba de las piernas desnudas. Comenzó a patalear y logró salir.

Oyó gritos, pero no hizo caso: corrió por la furgoneta e intentó abrir la parte de atrás, pero allí la esperaba el más joven, que sonrió al verla.

—Ven conmigo, mamita —dijo mientras se relamía.

Mary se lanzó sobre él con tal fuerza que lo derribó. Se hizo daño en una rodilla, pero se limitó a ponerse en pie y correr. Apenas había dado unas zancadas cuando el joven la atrapó por el tobillos y ella cayó sobre la tierra seca y polvorienta. El hombre la aferraba con fuerza hasta que Mary le pegó una patada en la cara y se puso de pie de nuevo. Echó a correr con todas sus fuerza. Notaba sus pulmones a punto de estallar, el corazón desbocado y lo dificultoso del terreno la hacía tropezar constantemente. Los hombres la siguieron un par de minutos, pero después regresaron a su furgoneta, abandonándola en pleno bosque.

Mary continuó corriendo colina abajo poco más de una hora. Al fondo se veía el mar, pero estaba más lejos de lo que parecía a simple vista. Al final consiguió llegar a la autopista. Intentó parar a varios coches, hasta que al final un mujer detuvo su vehículo y la dejó subir.

—¿Se encuentra bien? Le sangra la rodilla. En la guantera hay algunos pañuelos de papel y colonia de mi hijo. Por lo menos podrá limpiarla y desinfectarla un poco.

Mary se lo agradeció y se limpió la herida, después intentó relajarse, se apoyó en el respaldo y cerró los ojos.

—¿Qué le ha sucedido? No es seguro caminar sola por aquí. Esta zona está muy despoblada y podría sufrir algún percance.

—¿Podría llevarme a la estación de autobuses? —le pidió Mary.

La mujer se quedó callada, después con una amplia sonrisa le dijo que la dejaría allí. El resto del trayecto la conductora le contó que era un profesora de primaria, trabajaba en una pequeña escuela rural, pero vivía en la ciudad. Estaba deseando que la destinaran a un nuevo centro, aunque ya había cogido cariño a los niños de su clase.

—Me recuerda usted a la mujer que ha perdido a su hija —le comentó cuando entraban en la ciudad—. Ella también es norteamericana.

Mary apartó la cara y miró por la ventanilla.

—Sí, ya me lo han dicho otras veces, imagino que todas las rubias nos parecemos.

—Pobre niña, aquí se cuentan cosas terribles de lo que le hacen a los niños, especialmente a los sirios. Hay un mercado de niños para tráfico de órganos y también los prostituyen. La policía de vez en cuando desarticula una red, pero enseguida surge una nueva.

—Es una pena —dijo Mary, impaciente por llegar a su destino.

La ciudad estaba algo congestionada a primera hora de la tarde, pero no era muy grande, y media hora más tarde ya habían llegado a la estación. La mujer detuvo el coche y la dejó bajar.

—¿Necesita dinero o alguna cosa? —le preguntó, mirándola a través del cristal.

Mary pensó en que el funcionario querría cobrar el alquiler de la taquilla, aunque no tenía ni la menor idea de cuánto podía costar.

—Tengo mis cosas en una taquilla.

—En la estación no son muy caras, tenga, creo que con esto tendrá suficiente para la taquilla y comer algo caliente.

Mary se emocionó ante la amabilidad de la mujer, le dio las gracias y, más animada, se dirigió a la estación. En el interior decenas de personas iban de acá para allá, algunas mujeres llevaban ropas tradicionales y la cabeza cubierta, aunque otras vestían de manera mucho más occidental. Logró encontrar la zona de las taquillas y la consigna. Se dirigió al funcionario y le pidió que le abriera una al nombre de su marido.

—No se alquilan por nombre, es por número —le explicó el encargado.

—¿Cómo puedo saber cuál es la mía? —le preguntó el hombre.

—Por el resguardo o por la clave numérica. ¿Tiene alguna de las dos cosas?

Mary observó el centenar de taquillas y se desesperó. Primero debía averiguar el número y, si lo conseguía, después el código. Miró las cajas metálicas de color gris, después pensó en que Charly tenía ocho años cuando murió. Buscó la taquilla sobre ella, como si estuviera acariciando el cuerpo de su hijo, y observó los dígitos del teclado. Pensó que Charles habría puesto esa clave. Sin dudarlo pulsó la fecha de nacimiento de su hijo, pero la máquina la rechazó. Únicamente tenía tres oportunidades. Pensó en la fecha de nacimiento de Michelle e, indecisa, tecleó el número, pero tampoco era aquel. Se mordió las uñas, solo le quedaba un intento. Murmuró un breve oración: necesitaba conseguir lo que había allí dentro, era su única oportunidad. Tecleó casi sin pensar el día y el año en que ella y su marido se conocieron. Oyó un chasquido y la puerta se abrió. Era más amplia y profunda de lo que parecía a primera vista. En el interior había una bolsa de deporte de piel negra de la marca Puma.

La sacó, miró a un lado y al otro, después abandonó la estación tras pagar el coste de la taquilla y caminó hacia el centro turístico de la ciudad. Era casi de noche, se sentía sucia, agotada y hambrienta. Se sentó en un banco y miró en el interior de la bolsa. Había decenas de billetes de quinientos euros, dos pasaportes, un libro de familia y un sobre cerrado. Sacó los pasaportes, miró uno con su foto y se lo guardó en bolsillo trasero del pantalón. Se dirigió a un hotel modesto que había visto unas manzanas antes y alquiló una habitación por una semana. Subió las escaleras hasta la segunda planta y buscó su habitación. Entró y cerró dando un portazo, se apoyó en la puerta y comenzó a llorar. Era la primera vez que se sentía a salvo desde la noche anterior. Llevaba casi veinticuatro horas sin descansar, así que dejó las cosas al lado de la cama y se metió en la ducha. Mientras el agua recorría todo su cuerpo se acordó de Charles. Lo imaginó flotando en medio del mar y sintió ganas de vomitar. Se dobló sobre el vientre hasta caer de rodillas en la bañera. Sus lágrimas se mezclaron con el agua tibia de la ducha hasta que, poco a poco, sintió que su espíritu se apaciguaba. Tenía que ser fuerte, su hija Michelle la necesitaba y esta vez no le podía fallar.

CAPÍTULO 27

Kerim accedió a que la agente del FBI estuviera presente en la lectura de la nota de los terroristas. No le hacía mucha gracia que se inmiscuyera en la investigación, pero dado el giro de los acontecimientos, sentía que el caso se le escapaba de las manos. En los últimos años se había centrado en resolver secuestros de menores, trata de blancas y casos de pedofilia, pero aquel asunto parecía mucho más complejo que un simple secuestro.

Emine tomó la nota con los guantes y comenzó a leer:

Los señores Roberts no han cumplido con lo prometido. El tiempo se agota. Si antes de cuarenta y ocho horas no han entregado el rescate, la niña morirá. El dinero tendrá que estar en nuestro poder antes de la medianoche del viernes.

FRENTE KURDO DE LIBERACIÓN NACIONAL

Los tres policías se miraron. Los padres de Michelle estaban desaparecidos y, por el tono de la carta, los inspectores suponían que los Roberts habían recibido una segunda nota que no habían compartido con la policía. Ellos no sabían el lugar de la entrega, tampoco tenían el dinero y desconocían el paradero de los padres de la niña.

Cuarenta y ocho horas era un margen muy pequeño, aunque en realidad les quedaban unas seis horas menos, ya que no habían visto la nueva nota hasta por la mañana.

—¿Qué vamos hacer? —preguntó Emine aún con la nota en la mano.

Por primera vez en su vida Kerim no sabía qué responder. Se cruzó de brazos e intentó pensar en algo, pero tenía la mente completamente en blanco.

—Los secuestradores no saben que los Roberts han desaparecido, así que haremos público un comunicado para que lo reciban. Diremos que los Roberts quieren aceptar sus condiciones, pero que necesitan la garantía de que su hija sigue con vida. Alguien tendrá que enviarnos una fe de vida, tal vez por ahí podamos encontrarlos. La otra vez las cámaras mostraron que la persona que dejó la nota parecía un hombre, pero no podía identificarse bien por la gorra y la ropa que llevaba —comentó el inspector, haciendo un esfuerzo por buscar soluciones.

—¿Han sacado alguna información de la nota anterior? —preguntó Anna.

—El papel es muy común, del que venden en cualquier centro comercial. La letra está impresa, pero el tipo es Times New Roman, tan corriente que casi todos los programas de ordenador lo tienen. Lo que más chocó a los expertos es que, a pesar de estar escrito en turco, no parece el idioma normal del pueblo. Tampoco tiene un vocabulario culto, parece que quien lo escribió no es un hablante nativo. Aunque eso es difícil de determinar en un texto tan corto. Hemos encontrado una página web del Frente Kurdo de Liberación Nacional, pero no lleva mucho en la red, poco más de seis meses. La subieron desde un servidor en Nueva Delhi, ya sabe que es casi imposible rastrear a alguien en internet, por poco experto que sea.

Anna no contestó, prefería no enemistarse con el inspector. Los equipos del FBI habrían sacado más jugo a la nota, pero tenía que trabajar con los turcos y atenerse a sus normas, tiempos y tecnología.

—Sigo pensando que las acusaciones de Judith son ciertas. Todo esto de los terroristas no es más que un montaje. Los verdaderos secuestradores de Michelle Roberts son sus padres. No crean que para mí es fácil llegar a esta conclusión, si hacemos pública la culpabilidad de los padres, el secretario de Estado y el director del FBI pedirán mi cabeza.

Emine negó con la cabeza. No compartía las ideas de su colega, Judith no le había parecido en ningún momento una mujer sometida a abusos. Ella había trabajado con cientos de mujeres maltratadas y había sufrido maltrato, pero le daba la impresión de que la joven danesa más bien estaba asustada y deseaba vengarse de Charles o de Mary, tal vez de los dos. También podía estar intentando desviar la atención, para no verse implicada ella misma.

—El testimonio de la joven no es definitivo, con eso no podemos suponer…

—Perdone que le interrumpa inspector, pero me tomé la libertad de que examinaran a la joven y se descubrió que tenía algunas magulladuras y restos de semen. Aún no hemos podido contrastar el ADN con el del señor Roberts, pero estoy segura de que dará positivo —añadió la agente del FBI.

—Eso tampoco demuestra nada, simplemente que el señor Roberts se acostaba con la muchacha, una joven que es mayor de edad —señaló Kerim.

A la agente le sorprendía la actitud de sus colegas. Entendía que dudaran de todo, pero lo que no podía comprender es que se negaran a tomarlo en consideración al menos.

—Lo tendremos en cuenta, naturalmente, pero la pista principal continúa siendo el secuestro —dijo Kerim en tono tajante.

—¿El secuestro? ¿Dónde están los Roberts? Además, ya que parece no fiarse de mí, he rastreado las cuentas de la familia. Los padres de

Charles y los de Mary han transferido una considerable suma de dinero a una cuenta en las Caimán. Alguien sacó dinero, adivinen dónde.

Los dos inspectores se miraron por unos segundos, aquella información parecía demasiado relevante para pasarla por alto.

—En un banco en Antalya. Tenemos que pedir las grabaciones de las cámaras, pero estoy casi segura de que quien retiró el dinero fue el señor Roberts.

—Eso tampoco probaría su culpabilidad. Los Roberts piensan que no les permitiremos entregar el rescate a los secuestradores, hablan con sus familiares, ellos les transfieren el dinero porque sabemos que Charles está arruinado, desde aquí sacan el dinero y se escapan para que no podamos controlarlos. Una vez que hayan liberado a su hija volverán a aparecer —explicó Emine.

—Su teoría es plausible, pero también puede explicarse como una estafa. Los Roberts no tenían dinero, no querían pedírselo a sus padres, se inventaron este secuestro, reúnen el dinero, se quedan con él y se esfuman.

—Lo siento, agente, pero tal y como se lleva esa pareja, no creo que se hayan puesto de acuerdo para planear algo así —dijo Kerim.

—¿La pareja? No, creo que todo esto lo preparó Charles, aunque no estoy segura de qué pasará con Mary y la niña una vez que ese hombre haya conseguido lo que persigue —comentó Anna.

—Bueno, seguiremos con la hipótesis del secuestro hasta que tengamos más pistas. Señorita Marcos, ¿podría recibir a la familia de Mary? Esta noche llegan al aeropuerto en un vuelo privado. Quisiera que se alojaran en esta casa.

—No se preocupe, iré a buscarlos.

—Le pedirán información. Supongo que está de más decirle que les facilite solo la imprescindible.

—Sí, inspector. Déjelo en mis manos —comentó Anna algo molesta por la desconfianza del hombre, aunque al menos había logrado integrarse en el equipo.

—Analizaremos las imágenes del banco para detectar quién sacó el dinero y buscaremos discretamente a los Roberts sin hacerlo público por ahora. Tenemos mucho que hacer y el tiempo de agota. ¡Adelante!

Cuando Kerim y Emine se quedaron solos, el inspector le dijo que era mejor que registraran las playas. Tenía la esperanza de encontrar alguna pista que les llevara hasta los Roberts. Él no creía en su culpabilidad, al menos directa, pero no podía descartar ninguna hipótesis.

Salieron de la urbanización y recorrieron la costa hasta la cala más cercana. Aquel lugar estaba prácticamente abandonado, no había casas cerca, desde tierra resultaba casi inaccesible debido a las rocas y los riscos alejaban a los yates y las barcas de los pescadores. Era un lugar ideal para fugarse.

Detuvieron el coche en un camino de tierra a poco más de un kilómetro de la playa. Después, con esfuerzo, lograron llegar hasta la orilla y comenzaron revisar cada centímetro con la esperanza de encontrar pistas. Llevaban una hora cuando Emine descubrió algo brillante.

Los dos se acercaron lentamente. Emine estuvo a punto de perder el equilibrio dos veces y Kerim se cortó la mano con una roca, pero era una herida superficial. La mujer miró el objeto: era una botella de oxígeno y cerca encontraron el equipo completo de un buceador.

—Solo hay un equipo —comentó sorprendido el inspector.

—Sí, o bien no llegaron los dos hasta la playa o bien estamos equivocados. Puede que uno haya muerto —dijo Emine, sorprendida. La hipótesis de Anna Marco parecía tomar más fuerza por momentos. Tal vez uno de los progenitores de Michelle Roberts había preparado aquel escabroso secuestro para hacerse con el dinero.

—Llevaremos las pruebas al laboratorio, por si hay restos de ADN. Así podremos averiguar quién llegó con vida a la costa —comentó el inspector.

—Si quisiera esconderse, ¿qué haría usted, señor inspector?

—Me iría a Antalya, aunque un norteamericano no tardaría en llamar pronto la atención. En cualquier caso, sabe que juega con la ventaja de que por ahora no vamos a denunciar su desaparición.

—Es el caso más retorcido que he visto en mi vida —dijo la subinspectora mientras guardaba las pruebas con cuidado en una mochila.

Kerim no estaba del todo de acuerdo. Por desgracia, la vileza del ser humano podía llegar a ser infinita. Su compañera se sorprendería de los casos de padres que vendían a sus hijos por dinero, los prostituían o abusaban de ellos. La depravación siempre parece algo patológico, pero anida en el corazón del hombre desde que el mundo es mundo.

CAPÍTULO 28

Mary compró ropa holgada, algunas gorras y una mochila. Quería pasar lo más desapercibida posible. Evitaba las calles con cámaras y no se acercaba mucho a comercios vigilados. Pagaba en efectivo, pasaba muy poco tiempo en los sitios y nunca volvía dos veces al mismo lugar.

Después de caminar durante varias horas se sentó en un vulgar bar del centro de la ciudad. Mientras comía con avidez un kebab, miraba el gigantesco televisor que colgaba de la pared. Cuando llegaron las noticias de la CNN Internacional los informativos abrieron el espacio con el secuestro de su hija. No comentaban nada de la desaparición del matrimonio, al contrario, Emine apareció en pantalla comentando que los padres aceptaban las condiciones de los secuestradores y, aunque ellos no estaban de acuerdo con el pago de rescates a terroristas, entendían su postura.

La mujer agachó la cabeza para evitar que alguien viera sus lágrimas. Tuvo la tentación de entregarse de inmediato en una comisaría. Sabía que toda la fuga había sido un gran error. Charles la había manipulado para escapar con el dinero y dejar a su hija. No sabía por qué había confiado en él. Aquel maldito cabrón había vuelto a engañarla. Primero tras la muerte de su hijo Charly. Ella sabía que había sido una negligencia llevar a un niño a aquella pista prohibida, por eso había trasladado el cuerpo antes de que llegaran los equipos de emergencia. Ella había ido en plena noche para examinar el lugar, aunque él siempre la había acusado de haber salido la noche anterior al accidente. Estaba segura de que intentaba volverla loca y, debido a los medicamentos, sus lagunas de memoria, su furia y la debilidad, era presa fácil de los manejos de su marido. Por eso, cuando ella lo amenazó con contarlo todo, terminó ingresada en un centro mental.

Mary dejó el dinero sobre la mesa y de nuevo comenzó a recorrer las calles. Si lo que pensaba era cierto, no había secuestradores. Todo había sido un montaje de su marido, pero al parecer en el último momento su plan se había torcido. Seguramente había previsto matarla, ponerle poco oxígeno para que se asfixiara, pero se había equivocado de bombona. Ella era la que debía yacer muerta en el fondo del mar. Aquel revés del destino le había salvado la vida, pero ahora no sabía dónde se encontraba la niña ni qué debía hacer.

Se aproximó al castillo y subió hasta la parte más alta de las murallas. Observó el mar en calma y aquel sol que parecía inagotable. De pronto la asaltó una poderosa idea: si su marido había organizado todo aquello, su hija no podía estar con desconocidos. La única persona en quien Charles confiaba en Turquía era el jefe de seguridad de la urbanización. Roger Milman llevaba muchos años trabajando para la empresa, así que si alguien sabía algo era él. Debía regresar a la urbanización e intentar hablar con ese hombre. Si el alemán se enteraba de la muerte de su jefe podía preocuparse e intentar deshacerse de Michelle.

Mary se dirigió a una tienda y compró un teléfono de prepago, después miró el horario de autobuses y decidió que al día siguiente tomaría el primero hacia la urbanización, ya que no tenía otra forma de regresar. El jefe de seguridad vivía cerca del complejo, él le daría las respuestas que necesitaba. Si alguien podía conocer el paradero de su hija, ese era Roger.

Regresó al hotel y después de desvestirse se tumbó en la cama. Notaba que los temblores empezaban a ser incontrolables. Dado que no tenía sus medicinas, sabía que las cosas empeorarían en las siguientes horas, por eso era necesario que descansara y se relajara. Respiró hondo e intentó dormir, pero no podía conciliar el sueño. Su cabeza no dejaba de dar vueltas a lo sucedido.

Por momentos la asaltaban imágenes de lo ocurrido días antes. La infidelidad de su esposo con Judith, la pelea, el corte que le había hecho a Michelle. También cuando estaba en la playa relajándose y la niña fue hasta ella. Aquel encuentro había sido determinante para que decidiera tomar de nuevo su medicación. También recordó la pasión con la que hizo el amor con su marido y el momento de la cena, aunque había unas horas justo antes de salir de la casa de las que no recordaba nada.

Respiró hondo e intentó relajarse de nuevo. Sabía que la muerte de Charles la dejaba sin muchas respuestas, pero sobre todo rompía el lazo que durante todos aquellos años los había mantenido unidos. Ella siempre había dependido de él, aunque algunos pensaran lo contrario. Muchas de las locuras de alcohol y drogas que había cometido habían sido solo para complacerlo. No iba a negar que había disfrutado con aquellas experiencias en el momento, pero después siempre regresaba la misma sensación de vacío absurdo. Las semanas en París fueron muy intensas, hacían el amor en cualquier parte, pero tras su establecimiento en Londres su vida dio un vuelco. Charles quería experiencias más fuertes. Los dos vivían del sueldo de ella como doctora, pero en cuanto estaba libre del trabajo de cirujana, viajaban por todo el país, conocían a gente de lo más diversa, se emborrachaban o se drogaban con lo primero que les caía en las manos. A veces él la utilizaba para conseguir droga, no le importaba que satisficiera a un senegalés, se acostara con dos hermanos argelinos o con una mujer; más bien parecía disfrutar de verla humillada y poseída por cualquiera.

Cuando regresaba a Londres después de esos fines de semana de locura, apenas podía concentrarse en su trabajo. Intentaba no tomar drogas, pero en ocasiones no podía operar sin colocarse, porque le temblaban las manos. Había logrado que un contacto la informase a tiempo de las pruebas de consumo de estupefacientes. Además, sabía que si tomaba cuatro aspirinas unas horas antes, la mayoría de los restos químicos desaparecían. Unos años después descubrió que el párkinson comenzaba a manifestarse. Cuando vinieron los hijos, se centró en ellos, mientras que Charles se dedicó a los negocios y empezó a pasar muchas noches en los casinos, gastando lo que no tenían. Apenas hacían el amor y parecían dos extraños embarcados en el mismo bote anegado de agua y a punto de zozobrar. Un par de veces se doblegó de nuevo a sus caprichos, acostándose con algún amigo o con un completo desconocido, pero a ella eso no le hacía feliz. Su familia no era tan conservadora, pero había algo antinatural y malvado en lo que él le pedía que hiciera. Sabía que en el fondo no era amor.

En ocasiones se preguntaba si su enfermedad era consecuencia de todos aquellos excesos, como si las drogas y las noches de desenfreno se estuvieran cobrando su precio. Deseaba creer que un ser superior cuidaba de sus hijos y de ella, pero sobre todo se negaba a la idea de la muerte, la separación eterna le parecía el peor de los castigos. Cuanto más cerca se sentía de Dios, más alejada se veía de Charles; cuanto más intentaba hacer lo que ella creía correcto, el mundo parecía confabularse contra ella.

Las lágrimas comenzaron a brotar de sus ojos cerrados. Sentía el peso del tiempo, la cara de los errores que había cometido, la sensación de que ya no había vuelta atrás. Intentó quitarse de la cabeza aquellos pensamientos, aferrarse al ligero peso de la gloria, a la paz que prometía Dios a todo aquel que se acercaba tal y como era, con sus imperfecciones y errores, pero algo le impedía conectar, una fuerza extraña y maléfica que le robaba la paz y el sosiego.

CAPÍTULO 29

El avión aterrizó en la pista poco iluminada y después recorrió lentamente una corta distancia hasta la terminal. Anna Marcos se encontraba allí, observando a la tripulación mientras bajaba la escalerilla, por la que descendieron una pareja mayor y un hombre de mediana edad. La agente supuso que se trataba de Scott, el hermano de Mary. Esperaba que la familia de la mujer no causara más problemas de los que ya tenían. Sin duda era mejor que mantuviese la boca cerrada, no quería que su jefe la llamase para decirle que la había relevado del caso. A medida que todo se complicaba, ella sentía más la necesidad de encontrar a la niña. No importaba lo que fueran sus padres, ella no tenía la culpa de nada.

Dos maleteros ayudaron a la pareja de senadores a llevar el equipaje y ella se presentó justo cuando ascendieron por la pasarela.

—Señores Smith, espero que hayan tenido un buen viaje. Soy la agente especial del FBI Anna Marcos, estoy aquí para ayudar a la policía turca, pero también para acompañarlos en este momento tan difícil.

—¿Saben algo de la niña? —preguntó Sam, nervioso.

—No, señor, estamos barajando varias líneas de investigación, entre ellas la del secuestro —comentó la agente.

—¿Cómo que varias líneas de investigación? Unos terroristas kurdos han secuestrado a mi nieta —dijo Hillary.

—Esa es la principal hipótesis, pero no podemos descartar otras —explicó la agente del FBI.

—¿No ha revindicado un grupo terrorista el secuestro? —preguntó Sam.

—Un grupo que hasta ahora no había actuado y del que prácticamente no hay pistas. Por otro lado, la desaparición de su hija y su yerno ha complicado más aún el caso.

—¿Desaparición? Esos terroristas los han secuestrado también a ellos, seguramente mientras intentaban pagar el rescate, pero no veo que la policía esté haciendo nada. En las noticias nadie ha comentado su desaparición —replicó Hillary sin disimular su malestar.

—Lo primero es la seguridad de Michelle. No sabemos qué ha sucedido con sus padres, pero si no tiene que ver con el secuestro, quienes tengan a la niña podrían ponerse nerviosos y hacer alguna barbaridad.

—La agente Marcos tiene razón, es mejor que no se difunda la desaparición de Mary por ahora. Estoy seguro de que sabrá cuidarse —comentó Scott mientras sonreía a la agente.

—Gracias por su compresión —dijo Anna.

—Estamos aquí para ayudar, no para causar más problemas —dijo el hombre.

Los cuatro se dirigieron hasta un coche que había enviado el consulado estadounidense, con un chofer y cuatro escoltas.

Anna se detuvo frente a la puerta del vehículo.

—Se alojarán en la villa de su hija —dijo, antes de que los familiares de Mary subieran—. Queremos que los terroristas vean actividad en la casa. Esperamos atraparles antes de que le suceda algo a la niña.

—Eso espero yo también, si alguien le toca un pelo a mi nieta van a rodar muchas cabezas —dijo Hillary.

—Tranquila, madre, seguro que verás a tu nieta muy pronto —dijo Scott mientras le abría la puerta.

Anna le sonrió. Parecía que al menos aquel hombre entendía la delicada situación en la que se encontraba la niña.

Cuando los Smith estuvieron dentro del coche, su hijo se agachó y les dijo:

—Yo iré con la agente. Podremos hablar de lo sucedido y luego os comento.

Cerró la puerta y acompañó a Anna hasta su vehículo.

—Lamento el comportamiento de mi madre, pero está sometida a un gran estrés. Michelle es la única nieta que tiene y conmigo no le quedan muchas esperanzas de que le dé un retoño. No es que no crea en el matrimonio, pero a cierta edad es difícil encontrar a alguien que te complete, ya me entiende.

Anna le comprendía perfectamente, a ella le ocurría lo mismo. No es que hubiera decidido pasar el resto de su vida sola, pero en cierto sentido no estaba dispuesta a unirse con cualquiera por el simple hecho de no quedarse sola.

Subieron al coche y se dirigieron hasta la urbanización. Los primeros minutos permanecieron en silencio hasta que ella rompió el hielo.

—Señor Smith…

—Llámame Scott, por favor.

—Scott, gracias por ser tan compresivo. Sé que la situación no es nada fácil para ninguno de ustedes.

—No se preocupe, los Smith venimos de una larga saga de luchadores. Por eso mis padres quieren que tenga un vástago, para continuar la tradición. Una saga es siempre más que una familia, vivimos para cambiar el mundo, pero en ocasiones me pregunto si somos capaces de cambiarnos a nosotros mismos.

Le sorprendió la franqueza del hombre. No era algo muy común en aquellos tiempos. La mayoría de la gente prefería protegerse tras una gruesa capa de corazas.

—La desaparición de su hermana y de su cuñado nos ha dejado perplejos. ¿Cree que pueden haberse marchado voluntariamente?

—No me extrañaría nada de ellos. A pesar de que mi hermana está enferma, sigue teniendo una gran fuerza interior. Charles también es un luchador, a su manera —comentó el hombre, trasluciendo cierta antipatía hacia su cuñado.

—¿A qué se refiere? —preguntó Anna, frunciendo el ceño.

—Bueno, no ha sido un gran apoyo para ella. Ya sabe que es un mujeriego y un ludópata, por no hablar de sus escarceos con las drogas y el alcohol. Mi hermana no ha tenido una vida fácil, aunque ella también ha tomado decisiones erróneas y se ha equivocado.

—Entiendo.

—Charles ha perdido un par de veces su fortuna. Mis padres y los suyos le han prestado mucho dinero, pero ya no le iban a dar ni un centavo más cuando sucedió esto.

—Está insinuando que su cuñado pudo planificar el secuestro de su propia hija —dijo la agente, extrañada.

—No me extrañaría. A veces Charles hace cosas poco ortodoxas. No quiero que piense que soy un puritano, tampoco me considero perfecto, pero hasta la persona más amoral se escandalizaría con mi cuñado. Una vez lo pillé en su casa, el día de Acción de Gracias, acostándose con la niñera. Me entraron ganas de matarlo, pero preferí no darle más disgustos a mi pobre hermana.

Aquellas revelaciones parecían apoyar su tesis de que los Roberts escondían muchos secretos y que no eran precisamente un matrimonio modélico, pero aunque al principio había sospechado de Mary, cada vez se inclinaba más a creer que el verdadero artífice de todo aquello era Charles. Ahora tenía que demostrar si era capaz de secuestrar a su propia hija.

Cuando llegaron a la urbanización la mujer se detuvo en la puerta, Scott bajó con su mochila y se volvió antes de cerrar la puerta del coche.

—Por favor, encuéntrelas lo antes posible. Mis padres no podrían superar su pérdida —dijo con el rostro desencajado.

—Haré todo lo que esté en mi mano. No se preocupe.

Mientras el hombre se alejaba hasta el control, Anna se dio cuenta de que había incumplido una de sus reglas: no prometer nada a los familiares de una víctima. No estaba en su mano cambiar la situación y crear falsas expectativas podía ser muy doloroso. No había podido evitarlo, le partía el corazón toda aquella situación.

Aceleró el coche y entró de nuevo en la autopista. Se encontraba agotada, pero estaba deseando que se hiciera de día para continuar buscando a Michelle. No cejaría hasta encontrarla y devolverla a su familia.

CAPÍTULO 30

Esa noche decidió salir de la asfixiante atmósfera de su casa y ponerse a caminar por la ciudad dormida. Sus pasos lo llevaron hasta la zona donde vivía su ayudante. En una de las ventanas del piso de la mujer había luz. Al parecer Emine estaba tan obsesionada con el caso como él. Tuvo la tentación de llamarla por teléfono, pero después se avergonzó de su insistencia. Comenzaba a darse cuenta de que le gustaba, una sensación completamente nueva para él, ya que desde que se casó no había vuelto a sentir nada por una mujer. Era cierto que le gustaban muchas otras y que el cuerpo femenino continuaba fascinándole, pero su ayudante era una persona especial. Inteligente, respetuosa, sensible, fuerte y empática. Sabía que era una buena madre, desde su divorcio no se le conocían amantes y había luchado por su puesto con uñas y dientes.

Se sentó en un banco y continuó observando la ventana hasta que, de forma inesperada, vio el rostro de Emine asomándose y posando sus ojos en él.

La mujer se quedó sorprendida al ver a Kerim debajo de su casa. Primero no supo cómo reaccionar, pero al final tomó el teléfono y lo llamó. El inspector ya había echado a andar de regreso a su casa, avergonzado por la situación. Por eso, cuando oyó el timbre de su teléfono en el bolsillo interior de la chaqueta, miró la pantalla y vio el nombre de su compañera, dudó un buen rato antes de contestar.

—Lo siento, no sé por qué he terminado debajo de su casa, pensará que soy un pervertido.

—No se preocupe, imagino que este caso nos tiene a los dos algo inquietos. Nadie puede entender lo que es obsesionarse por el trabajo, estar las veinticuatro horas pensando en lo mismo y actuar como si el resto del mundo no existiese.

—Lo ha definido muy bien.

—¿Por qué no sube? Le prepararé un té. Creo que nos hará bien un poco de compañía a los dos —comentó la mujer. Sabía que aquello podía sonar a invitación sexual, pero a esas alturas de la vida pocas cosas le importaban ya.

—No quisiera importunarla, demasiado me aguanta durante todo el día.

—No me importuna, suba.

El hombre se detuvo, dio media vuelta y se dirigió a la casa, sintiéndose como un colegial. Hacía tanto tiempo que no experimentaba esa especie de ligereza que producen los sentimientos que notó un vuelco en el estómago.

Subió las escaleras deprisa, tanto que cuando llegó a la tercera planta se encontraba casi sin aliento. Encontró la puerta entornada y entró en el apartamento. No era muy grande, pero Emine lo tenía decorado con un gusto exquisito.

—Gracias por la invitación —dijo jadeando al llegar a la cocina.

El camisón de la mujer era blanco y al trasluz revelaba sus formas. Él bajó la mirada y se sentó en una banqueta.

—De nada. ¿Quiere té o prefiere otra cosa?

—No se moleste, deme una Coca-Cola o cualquier cosa.

—No es molestia —respondió Emine con una sonrisa.

Su cabello moreno suelto le daba un aspecto mucho más juvenil, y sus formas eran mucho más seductoras de lo que insinuaba la ropa formal que utilizaba en el trabajo. Kerim la contempló unos instantes, pero en su mirada no había lujuria, únicamente admiración.

—Me alegra que haya venido, a veces me siento un poco sola. Entiéndame bien, adoro a mis niños, pero necesito charlar con algún adulto, contarle a alguien cómo me ha ido el día. Ser policía no es sencillo, y mucho menos para una mujer. No es que me esté quejando.

—Lo entiendo, a mí me sucede los mismo.

—Gracias por su comprensión, señor.

—Puedes llamarme Kerim, no hace falta que me hables de usted fuera del trabajo.

La mujer se sentó en la otra banqueta, aferró la taza con las manos y notó que el corazón parecía quería salirle del pecho. Se miró el camisón y pensó que mostraba demasiado el pecho, pero ya no tenía muchas opciones. Cruzó los brazos y se cubrió un poco el escote.

—La admiro, Emine. Muy pocas mujeres consiguen ser policías, pero aún son menos las que se convierten en inspectoras.

—Todavía soy subinspectora —replicó Emine, sonriendo.

—No tardará mucho en ascender.

—¿Usted cree? Perdón, ¿tú crees? Tengo la sensación de que se asciende antes a los hombres.

—Ya me encargaré yo de que no ocurra eso. Tu entrega es admirable —dijo el hombre en un alarde de sinceridad y expresividad al que Emine no estaba acostumbrada.

La mujer dio unos sorbos cortos al té. Quería tranquilizarse, pero parecía que su mente iba por un lado y su cuerpo por otro.

—Emine, perdona que me haya presentado así debajo de tu casa. Comencé a caminar sin tumbo y terminé aquí. Imagino que los barcos a la deriva siempre se guían por los faros y tú llenas de luz mis días. Muchas veces me levanto contigo en el pensamiento, me acuerdo de un gesto tuyo, de una palabra, y eso me alegra el día. No suelo hablar tan abiertamente de mis sentimientos, pero soy ya muy viejo para perder el tiempo. Si te molesta algo de lo que digo o hago, dímelo, por favor.

—No me habían dicho algo tan hermoso en la vida.

Kerim la miró. Los ojos de la mujer brillaban con tanta intensidad que deseó sumergirse en ellos, y sus labios carnosos apenas escondían los dientes blancos y perfectos.

—La belleza es una palabra tan fugaz que apenas puede expresar mis sentimientos. Te aseguro que llevo mucho tiempo observándote. Eres una buena policía, pero también una buena madre. Yo nunca tuve hijos, pero con gusto cuidaría de los tuyos. No deseo tu cuerpo, por bello que sea, lo que deseo es tu alma. Hay muchos cuerpo bellos, pero no he encontrado muchas almas como la tuya.

Emine se adelantó y besó los labios del hombre. Llevaban tanto tiempo viviendo en islas solitarias que sus deseos fluyeron rápidamente. No podían separarse. No sabían cuánto tiempo llevaban abrazándose cuando sonó el teléfono del inspector.

—¿Sí? —preguntó con una sonrisa en los labios.

—Inspector, ha llegado al correo del señor Roberts un vídeo de Michelle.

El inspector se quedó mudo por unos instantes.

—Está bien. Que nadie lo visualice hasta que lleguemos.

—También tenemos los resultados del ADN del traje de buceo que encontraron. Al parecer lo usó Mary Roberts. Mis hombres han rastreado la playa y han encontrado una especie de riñonera. Contenía unos papeles mojados, algo de dinero, unas llaves de un coche y una pistola. Esas cosas no pertenecían a Mary Roberts, sino a su marido. Creemos que murió y la riñonera se desprendió de su cintura, no resulta muy plausible que el hombre se desprendiera voluntariamente de esos objetos.

—A lo mejor los perdió —sugirió el inspector.

—Es posible —dijo el sargento.

Cuando Kerim colgó, la mujer se quedó observándolo unos instantes.

—Tenemos que irnos. Ha llegado un vídeo de Michelle Roberts. Me paso por casa y te recojo dentro de una hora —comentó el hombre poniéndose en pie.

Emine se levantó y se quedó delante de él, a pocos centímetros de su cara. Al final él la beso y dejó que aquellos pocos segundos se convirtieran en una breve eternidad.

TERCERA PARTE

VIDA O MUERTE

CAPÍTULO 31

A las cuatro de la tarde los secuestradores habían mandado una grabación de Michelle Roberts que había llegado al correo electrónico de Charles, cuyo ordenador era vigilado día y noche por la unidad de delitos informáticos de la policía turca. Cuando Kerim y su ayudante llegaron a la central, Anna Marcos ya estaba allí.

—He avisado a la familia, quieren ver el vídeo —dijo la agente de la FBI cuando los dos policías turcos llegaron.

—Está bien, pero que no salgan de la villa, les mandaremos una copia en enlace. No quiero que desaparezca más gente ni que los periodistas comiencen a merodear.

Los tres bajaron hasta los sótanos del edificio, la unidad de delitos informáticos estaba en las tripas de la comisaría.

Les recibió el jefe del equipo, quien los condujo a la sala de reuniones. Allí estaban dos técnicos y un especialista en imágenes.

—Señores, tomen asiento —dijo el jefe de la unidad.

En cuanto se sentaron alguien apagó las luces y vieron un vídeo breve de algo más de un minuto. La niña aparecía en una habitación oscura que parecía vacía, aunque no lo estaba. Michelle se encontraba sentada en un taburete, muy seria, y el foco marcaba unas profundas ojeras en su cara. Parecía aturdida, como si la hubieran drogado. Una voz distorsionada para que no pudiera ser reconocida se dirigía a la pequeña

—Michelle, saluda a tus padres.

La niña levantaba los ojos como si buscara a su familia, pero enseguida el sueño la superaba.

—Saluda a mamá, Michelle, seguro que te echa de menos —dijo la voz.

—Hola, mamá, ¿cuándo vas a venir a recogerme? —preguntó la niña totalmente aturdida.

—Ya es suficiente, es la prueba que necesitaban. Deben llevar el rescate mañana antes de las doce de la noche a Belek, dejar el dinero en una barca y soltar los cabos. La niña aparecerá en un lugar de Antalya. Si intentan engañarnos morirá, si no entregan el dinero también morirá, si intentan atraparnos volveremos y mataremos a toda la familia. Viva el Frente Kurdo de Liberación Nacional.

El vídeo terminaba bruscamente y se fundía en negro.

—¿Qué les parece? —preguntó el jefe de la unidad, que ya lo había visionado más de media docena de veces con sus expertos.

—Parece auténtico —comentó Kerim.

—Pueden haberlo grabado hace unos días. No sería la primera vez que los secuestradores hacen una cosa así y después matan al rehén —intervino la agente del FBI.

—No lo creemos, la cara de la niña está muy pálida, está ojerosa y aturdida, parece que lleva varios días drogada, en un sitio aislado y sin sol —señaló el especialista en imágenes.

—¿Han podido deducir algo de la voz? —preguntó Emine.

—No mucho. Hemos confirmado que es un varón, pero al estar distorsionada resulta difícil determinar edad, complexión, procedencia. No parece natural de Turquía, podría ser un miembro del Partido Kurdo en Londres o París.

—Un extranjero —dijo Kerim.

—A lo mejor lo eligieron a él porque dominaba mejor el inglés. No es la primera vez que un grupo usa a extranjeros en sus filas —comentó el jefe de la unidad.

—¿Qué han podido sacar del cuarto? —preguntó la agente del FBI.

—Ahora se ve muy oscuro, pero disponemos de técnicas que pueden mostrar todos los objetos de la habitación. No se molestaron en vaciarla, seguramente creían que la oscuridad era suficiente. A la derecha de la niña hay una mesa y lo que parecen útiles para una barbacoa y un saco de leña de pámpanos de vid. En la parte de abajo se observa un bidón de aceite de motor, por la marca parece turco, pero es demasiado corriente para servirnos de pista. Lo más interesantes es esto —dijo el hombre señalando una mancha con un puntero láser.

—¿Qué es? —preguntó Kerim.

—Un pequeño barril de vino. No parece muy normal en casa de un musulmán —dijo el jefe de la unidad.

—Es cierto que en el país hay una gran mayoría de kurdos musulmanes, pero también hay minorías yazida, judías, cristianas y yarsaní. Esos grupos sí consumen vino, por lo menos los cristianos y los judíos —comentó Kerim.

—Bueno, tampoco parece muy determinante. ¿Qué más tienen? —preguntó la agente del FBI.

Los miembros de la unidad la miraron con aire desafiante, pero su jefe les hizo un gesto para que se tranquilizasen.

—El vídeo se subió a Dropbox. El ordenador desde donde se envió a la nube lo hizo indirectamente a través de tres servidores en diferente partes del mundo. El correo se mandó de forma parecida, pero según el rastro que han dejado podemos determinar que se envió desde Turquía, en una zona próxima a Antalya, pero continuamos afinando por si logramos dar con su ubicación.

—Muchas gracias, ¿alguna cosa más? —preguntó Kerim.

—Al parecer el vídeo dejó un rastro del aparato con el que se grabó, un teléfono que se utiliza muy poco en Turquía. Se trata de un iPhone 6 S Black Diamond, una edición limitada de Apple. No creo que haya muchos en el mundo, porque el aparatito cuesta unos doce millones de dólares —comentó el jefe de la unidad.

Todos se quedaron sorprendidos. ¿Cómo era posible que unos terroristas tuvieron un teléfono de ese tipo?

—La única explicación es que lo robaran en otro secuestro. Eso nos hace pensar que son delincuentes comunes que se están haciendo pasar por un grupo terrorista para despistar —comentó el jefe de la unidad.

—Eso no es una buena noticia —dijo Kerim—. Si se trata de mafiosos no dudarán en matar a la niña, ellos no tienen que quedar bien ante la opinión pública. Sigan trabajando y si tienen alguna novedad no duden en comunicarlo —ordenó el inspector.

Salieron de la sala de reuniones para dirigirse a los vehículos. Mientras subían en el ascensor Kerim le dijo a la agente:

—¿Aún cree que fueron los padres?

—Sí. Usted mismo acaba de asegurar que no son terroristas. Puede que ese teléfono sea otro de los caprichos de Charles, que además de ludópata siempre ha sido un despilfarrador.

El hombre no se molestó en contestar y se fue con su ayudante directamente al coche. Se dirigían a un banco, no habían querido contar nada a la agente del FBI, preferían sacarle un poco de ventaja.

En quince minutos llegaron ante la puerta de la sede principal del Turk Ekonomi Bankasi, donde guardaban las imágenes de la persona que había retirado el dinero enviado por la familia de Michelle. Aparcaron el coche delante y entraron en la suntuosa sucursal. Aquel edificio parecía más un palacio que un banco, seguía la antigua tradición de ostentación y poder de la vieja banca.

—Tenemos una cita con el director —comentó Kerim al recepcionista tras enseñar la placa.

—Por favor, síganme.

Los condujeron a la segunda planta por una suntuosa escalera de mármol cubierta por una alfombra roja. Atravesaron las oficinas y se dirigieron directamente al despacho del director. La puerta de nogal era imponente, con grabados dorados y herrajes de oro. Al entrar vieron que la pared del fondo era de cristal, lo que proporcionaba al despacho unas vistas privilegiadas del gran salón del banco.

Un hombre menudo y delgado los saludó sin levantarse del asiento. Llevaba un traje negro hecho a medida y una pajarita.

—Como saben, no es habitual que proporcionemos información de nuestros clientes si previamente no han sido condenados o imputados en alguna causa, pero como es para esclarecer el secuestro de una niña, hemos accedido sin orden judicial.

—Muchas gracias —dijo Kerim a regañadientes. No le gustaban nada los banqueros.

—Miren detrás de ustedes —indicó el hombre, al tiempo que pulsaba un botón.

Una pantalla descendió y un cañón de vídeo comenzó a proyectar unas imágenes. Al principio se vio una vista general, gente entrando y saliendo.

—Observen al hombre de la gorra —comentó el banquero.

Afinaron la vista: el hombre salía con una gran bolsa de deporte negra de la marca Puma. Se dirigía a la salida con cierta prisa, no se le veía la cara, pero justo antes de abandonar la sala levantó la vista. El banquero detuvo la imagen y la amplió.

—¿Les suena de algo? —preguntó.

—Sí, ya lo creo. Muchas gracias. Por favor envíen una copia a nuestras oficinas —comentó Kerim mientras se daba la vuelta y salía tan precipitadamente del despacho que Emine apenas pudo seguir sus pasos.

CAPÍTULO 32

El autobús estaba casi vacío a aquella hora de la mañana. Mary caminó hasta el fondo y se sentó en una de las últimas plazas. Prefería pasar desapercibida, aunque de momento no parecía que se hubiese denunciado su desaparición. No había dormido muy bien. Durante toda la noche no había dejado de pensar en Michelle y Charly. Nunca había tenido un gran instinto maternal, pero ahora que sus hijos ya no estaban con ella, sentía un vacío interior. A los pocos minutos cayó en un profundo sueño.

El autobús se detuvo y la mujer se despertó sobresaltada. Miró por la ventanilla y comprobó que estaba en el pequeño pueblo al lado de la urbanización. Se bajó a la carrera, justo antes de que el autobús cerrase las puertas. Caminó un poco aturdida, hasta que al final un cartel le anunció el complejo.

El lugar se encontraba a unos tres kilómetros a pie, pero la mañana era fresca, el sol ya comenzaba a calentar y caminar le pareció una buena manera de comenzar el día. Cuando llevaba un kilómetro comenzó a lamentarse. Su enfermedad mermaba poco a poco sus fuerzas y disminuía su coordinación. A la mitad del camino ya se sentía completamente agotada.

Divisó a lo lejos la urbanización y justo al lado otra más pequeña, donde vivían algunos de los trabajadores extranjeros de la zona. Buscó el número de la casa del jefe de seguridad. Nunca había estado allí y apenas habían cruzado con él un par de frases desde que se conocían. Roger Milman era un tipo reservado. Había servido en el ejército alemán y llevaba muchos años trabajando de mercenario hasta que su marido lo contrató para su pequeño ejército de seguridad.

La urbanización era abierta, no tenía mucha seguridad y pudo llegar hasta la puerta de la casa sin dificultad. No sabía qué se iba a encontrar. Roger nunca hablaba de su vida personal, por eso ella desconocía si estaba casado o vivía solo. Atravesó un pequeño jardín delantero y llamó a una puerta blanca, que apenas resultaba visible en la fachada del mismo color.

Esperó un par de minutos antes de oír un ruido, después unos pasos y por último la puerta que se abría lentamente. El alemán llevaba unos pantalones cortos blancos y una camiseta sin mangas.

—¿Roger? Soy Mary Roberts. ¿Puedo entrar?

—¿Mary? Por Dios, ¿dónde estabas? Todo el mundo te busca. Pasa…

La mujer entró en el pasillo. Había poca luz y le costó unos segundos acostumbrarse a la penumbra. Caminaron hasta el salón mucho más iluminado y él le pidió que se sentara.

—¿Quieres tomar algo?

—Bueno, tomaría con gusto un buen café.

La mujer no probaba bocado desde la noche anterior. Apenas había sido consciente del hambre que tenía hasta el ofrecimiento del alemán. Dejó la bolsa de deporte en el suelo y esperó a que regresara el hombre. Cinco minutos más tarde apareció con dos cafés bien cargados.

—Gracias.

—Yo nunca he tomado mucho café, pero con este clima necesito algo que me suba el ánimo —explicó el hombre.

—No me conviene para mi enfermedad, pero qué diablos, a veces hay que vivir al límite —bromeó la mujer.

—¿A qué se debe tu visita? —preguntó el hombre, yendo directamente al grano.

Mary se quedó mirándolo un rato mientras sorbía el café caliente. Le gustaba la reconfortante sensación de su intenso sabor.

—Bueno, me siento un poco perdida. Charles y yo decidimos escapar. No estábamos huyendo de nada, pero nos pareció que así sería más fácil resolver el secuestro de Michelle. La policía no quería que pagáramos el rescate.

—Comprendo.

—Algo salió mal con las bombonas de oxígeno y Charles y yo nos separamos. Me sentí perdida, pero logré llegar a una taquilla en la ciudad. Allí mi marido guardaba documentación y otras cosas. Pero bueno, eso ya lo sabes, ¿verdad?

El hombre no contestó de inmediato. Se puso en pie y caminó hasta la cristalera que daba al jardín, la cerró y se dio la vuelta.

—Llevo mucho tiempo trabajando para tu marido y, naturalmente, me cuenta muchas cosas. En una relación de confianza es necesario saber parte de la vida del otro. Él es mi jefe, pero en los últimos años me ha ayudado con varios asuntos. Me pidió que buscara un coche y que consiguiera una documentación falsa. Me contó su plan y me pareció peligroso. De hecho le propuse sacaros en mi coche, pero él temía que la policía registrara el vehículo. Tampoco quiso que os esperase en la playa, prefería hacerlo todo él solo.

—Entiendo. ¿Notaste algo extraño en él? —preguntó la mujer después de dejar el café.

—¿En qué sentido?

—Su comportamiento, alguna orden extraña, un comentario sobre mí o mis hijos.

—Tal vez no sea el marido perfecto, Mary, pero os quiere mucho.

—¿No notaste nada extraño?

El hombre se quedó en silencio hasta que se oyó un ruido en el piso de arriba.

—¿No estás solo?

Por toda respuesta, Roger comenzó a caminar hasta el pasillo y ella se puso muy nerviosa. Tenía la sensación de haberse metido en la boca del lobo.

—Quiero ayudarte, necesitas que alguien hable con esos secuestradores. Puedes dejar aquí la bolsa, es un lugar seguro. También tengo mucho espacio en el sótano. Nadie la encontrará jamás.

Mary oyó pasos en el piso superior y, sin pensarlo dos veces, echó a correr hacia la salida. Justo cuando llegaba a la puerta vio que una mujer bajaba por las escaleras.

—¿Tú?

Abrió la puerta, pero Judith intentó frenarla. Ella le pegó un puñetazo en un pecho y corrió por el jardín. Se había dejado la bolsa, pero afortunadamente había escondido todo el dinero en la caja fuerte de su hotel, pensó mientras corría hacia la otra urbanización.

Oyó gritos a su espalda, pero sus perseguidores no intentaron atraparla en medio de la calle. No había muchos testigos, pero alguien podía verlos.

Mary se adentró en una zona boscosa junto al riachuelo e intentó esconderse entre los arbustos. Diez minutos más tarde vio a Roger y Judith buscándola por todas partes. Mientras procuraba contener la respiración para que no la descubrieran, intentó imaginar qué hacían un hombre como Roger y una cría como Judith juntos. Lo único que se le ocurría era que tuvieran algo que ver en el secuestro de su hija. Si lo pensaba bien, era un plan perfecto. Ella tenía acceso a la niña y él a la seguridad. El plan les permitiría hacerse con una gran cantidad de dinero y echarles la culpa a ellos, una pareja inestable que había perdido a su hijo mayor unos meses antes. Ellos conocían todos sus hábitos, sus movimientos, y sin duda tenían la oportunidad de hacerlo.

Permaneció varias horas allí, intentando aclarar las ideas y pensar en su próximo paso. Si el alemán había secuestrado a su hija, tenía que pedir ayuda. Pensó en ponerse en contacto con la policía, pero eso podía precipitar la muerte de la niña. Roger y su cómplice se sabían descubiertos y tal vez intentarían deshacerse de su hija, por lo que debía encontrar una solución lo antes posible.

CAPÍTULO 33

Scott abrazó a su madre mientras visionaban el vídeo de Michelle. Había intentado convencerla para que no lo viese. Sabía que era una mujer fuerte, curtida en mil batallas, pero contemplar a su propia nieta encerrada y secuestrada era algo demasiado fuerte hasta para ella. Sam intentó disimular las lágrimas, pero cuando se encendieron las luces los Smith volvían a ser una familia por primera vez en mucho tiempo.

—¡Dios mío! ¿Cuándo liberarán a mi nieta? —preguntó con voz desgarrada Hillary.

Anna intentó tragarse los nudos que se sentía en la garganta, apagó la pantalla y miró a los tres familiares de Michelle.

—Estamos avanzado mucho, estoy segura de que antes de medianoche habremos resuelto este caso. Les aseguro que no está siendo nada fácil. No es un caso de secuestro común. Hay muchas aristas y aún no hemos comprendido todo lo sucedido, en especial la desaparición de sus padres. El vídeo nos ha proporcionado algunas pistas muy valiosas, les pido que confíen en nosotros.

—Gracias por su esfuerzo —comentó Scott.

—Hacemos nuestro trabajo —contestó Anna.

—¿Realmente van a entregar el dinero a los secuestradores? —preguntó Hillary—. Nosotros estamos dispuestos a poner de nuevo la suma que piden.

—El FBI va a facilitar el dinero. Queremos atraparlos, lo que menos importa es la cantidad, cualquier precio es poco para salvar a su nieta. La vida de un niño norteamericano es muy valiosa para el gobierno.

Hillary observó con escepticismo a la agente, después pidió disculpas y se retiró a su habitación.

—Está soportando un gran estrés —la disculpó el marido, que no tardó en seguirla.

Scott y la agente se quedaron a solas. Anna aprovechó para intentar sacar más información sobre la familia.

—Ayer insinuó que su cuñado podía estar detrás del secuestro de la niña. Es una acusación muy grave. ¿La mantiene?

—No dije eso exactamente, lo que comenté es que no me extrañaría que tuviera algo que ver. Puede que se haya metido en deudas y alguien se las quiera cobrar de esa manera o que haya intentado esquilmar a mis padres. Sabía que ya no le iban a dar más dinero, pero al ver el vídeo he pensado que ni Charles es capaz de una cosa así.

—Entonces, ¿se retracta de sus palabras? —preguntó Anna, intrigada. No entendía muy bien qué podía haber cambiado en tan poco tiempo.

—Desconozco lo sucedido, pero creo que mi hermana es inocente. Ella ama profundamente a esa niña, haría cualquier cosa por ella. Me preocupa dónde puede estar. Puede que escapara con su marido, pero no lo hizo con pleno uso de sus facultades mentales. Mi hermana era una doctora brillante, una gran persona. Es cierto que siempre soñó con ser pintora y que mis padres la presionaron para que ejerciera la medicina, pero ese hombre la arrastró al lado oscuro de la vida. A Mary le ha pasado lo mismo que a muchas personas, en algún punto se perdió y creo que todavía no ha llegado a encontrarse. Esto puede terminar de hundirla, su enfermedad la está destrozando física y emocionalmente.

—Esperamos que se recupere pronto. Estamos haciendo todo lo posible por localizarlos a los dos, pero no hay ni rastro de ellos. No han comprado nada con sus tarjetas, tampoco han salido del país ni alquilado nada. No creo que tardemos mucho en dar con ellos.

—Muchas gracias de nuevo —dijo el hombre poniéndose en pie. Después se dirigió al jardín y caminó hasta las escaleras que daban a la playa privada.

Pensó en la belleza del lugar, en la serenidad que transmitía aquel hermoso mar, y se preguntó qué convertía algunos corazones humanos en cascarones en medio de la tormenta. La felicidad era tan difícil de alcanzar que a veces le parecía un asunto de titanes. Él mismo la había rozado varias veces, pero sin lograr atraparla por completo. No entendía la eterna insatisfacción en el corazón humano, esa sensación que todos sentían en mayor o menor manera de absurda futilidad. El éxito, la belleza, la juventud y el poder eran tan pasajeros que apenas comenzaban a producir alguna satisfacción se deshacían en mitad de la noche, como terrones de azúcar en el café. En momentos como aquel envidiaba a los que creían que todo tenía un sentido. La búsqueda de sentido no había sido su fuerte, había aprendido la vieja estrategia de los Smith: «Vive como quieras, pero hazlo sin que se sepa».

Scott amaba la autenticidad, por eso aquel mar hacía que se sintiera en paz consigo mismo. La realidad de Filadelfia, la lucha política, las ilusiones perdidas y la sensación de estar dando eternas vueltas en la misma rueda de la historia le entristecieron. Michelle era un soplo de aire fresco en la familia. Su inocencia los animaba a todos a seguir adelante, como si de repente algo mereciera realmente la pena. Aún no llevaba el sello tenebroso del éxito y de su saga familiar, era una página en blanco en la que podía escribir cualquier cosa. Respiró hondo y se secó las lágrimas con los nudillos. Tenía las manos apretadas y el corazón encogido. Pensó en Mary, recordando cuando eran niños y hablaban de sus sueños, y se dio cuenta de que crecer era precisamente eso: renunciar a lo que uno más amaba y perder el alma por arañar un poco de felicidad a la vida.

CAPÍTULO 34

Kerim parecía un poco nervioso, algo infrecuente en su temperamento calmado. Emine aún estaba encajando lo sucedido la noche anterior. No se había dado cuenta de hasta qué punto se estaba enamorando de su jefe. Él representaba muchas de la cosas que admiraba en un hombre. Parecía seguro de sí mismo, fiel, sensible y protector, y aunque a veces podía mostrarse frío y distante, ella había aprendido a leer sus verdaderos sentimientos. Además, era un hombre íntegro, algo difícil de encontrar en esos tiempos, cuando todos corrían de un lado al otro desesperados por medrar, hacerse ricos o vivir a lo grande a costa de lo que fuese. Lo único que la preocupaba era cómo iban a reaccionar sus hijos, aunque sin duda eso era adelantar mucho los acontecimientos. Apenas se habían dado un beso y, aunque sabía que ya no eran dos enamorados adolescentes y las cosas irían más rápido que en una relación juvenil, era consciente de los impedimentos. Los dos eran compañeros de trabajo, en un cuerpo machista donde muy pocas mujeres habían logrado ascender; sin duda muchos la tratarían de fulana y aprovechada. Kerim era viudo y todo el mundo sabía que le estaba costando mucho superar la soledad. En la sociedad turca las mujeres siempre parecían culpables de casi todo, especialmente a medida que los islamistas iban tomando más poder en el gobierno.

El inspector iba a toda velocidad hacia la urbanización sin pronunciar palabra, parecía que el vídeo le había abierto los ojos en cierto sentido.

—¿Qué te tiene tan preocupado?

—Pienso que Mary puede estar en peligro y también la niña —contestó escuetamente.

—¿Por qué crees eso? —preguntó la mujer.

—Piénsalo bien: la situación económica de Charles, el dinero que necesita para comenzar de nuevo, su crisis familiar y ahora que aparezca en el vídeo llevándose el dinero —comentó Kerim.

—Sin embargo ella se marchó con su marido.

—Sí, pero sin duda engañada. Debió de prometerle que pagarían el rescate, que nosotros no permitiríamos que entregaran el dinero a los terroristas. Aunque lo que realmente quería era deshacerse de ella, desaparecer y llevarse el dinero —comentó Kerim, como si ahora lo viera todo con claridad.

—Pero ¿por qué no dejarla viva cuando ya tenía el dinero?

—Supongo que intentaba que no diera problemas en el futuro. Él reaparecería al cabo de un tiempo y nadie encontraría el cuerpo de Mary.

—¿Piensas que es capaz de asesinar a su propia hija? —preguntó la subinspectora, sorprendida.

—A veces creo que lo ha hecho para desestabilizar más a su esposa. Su familia ya le dijo que no iba a prestarle ni un dólar más, pero sus suegros tampoco le darían nada que no fuera directamente para Mary o la niña. Al eliminarlas él se queda con el dinero y nadie puede acusarlo de asesinato. La opinión pública creerá que es un buen padre que quiso rescatar a su esposa e hija, pero fracasó.

—¿Cómo lo hizo? Estuvo en todo momento con su esposa.

—Tuvo ayudantes. Hubo algo que observé en el vídeo, Charles no estaba solo, a unos metros lo acompañaba el jefe de seguridad, Roger Milman.

—¿Roger Milman? ¿Por qué involucraría a alguien como él? —inquirió Emine, extrañada.

—No lo sé, imagino que por dinero.

Emine comenzó a atar todos los cabos. Aquella teoría parecía más que plausible, pero aún le faltaban algunos elementos.

—¿Cómo lo hizo?

—Bueno, seguramente Judith lo ayudó, Roger se llevó a la niña y la sacó de la urbanización. Ellos tenían el control de la seguridad, podían borrar todas sus huellas fácilmente. Ya he ordenado que liberen a los pobres jardineros que teníamos encerrados como sospechoso; ahora quiero interrogar a Judith y Roger, creo que ellos son la clave para resolver todo esto.

El coche se paró frente la casa del jefe de seguridad. Cruzaron el jardín y se acercaron a la puerta, pero cuando fueron a llamar se dieron cuenta de que estaba abierta.

Kerim sacó el arma y con un gesto indicó a su compañera que fuera por la puerta trasera. Empujó levemente la hoja, que se deslizó sin dificultad, y después entró con pasos cortos para no hacer nada de ruido. El pasillo estaba despejado. Vio a Emine por la cristalera que daba al jardín y subió a la primera planta, pero la casa estaba completamente vacía. Su compañera registró el sótano sin hallar nada anormal.

—¿Has visto al sospechoso? En el sótano no hay nada, no creo que el vídeo de los secuestradores se grabara allí.

—No hay nadie —dijo a la mujer mientras descendía por las escaleras—, pero he encontrado esto.

Kerim mostró a su compañera el pasaporte danés de Judith. Eso parecía corroborar su teoría.

—Pero ¿por qué Judith acusó a los Roberts? Sobre todo a él, de abusos y presuntamente de asesinato —dijo Emine.

—Creo que Roger Milman no se conformaba con las migajas de su jefe, quería todo el dinero, obligarlo a huir y quedarse con el rescate —comentó Kerim.

—Pues Michelle y Mary se encuentran en grave peligro.

CAPÍTULO 35

Scott decidió salir a correr, la espera le estaba matando. Siempre había estado muy unido a su hermana. Ambos habían tenido que lidiar con sus padres, que pese a ser excelentes personas, estaban obsesionados con la política y la transmisión del poder de su saga a la siguiente generación. Mary siempre había sido una rebelde. Tal vez ese es el papel que corresponde a los hijos menores, abrir el camino que los primogénitos nunca se deciden a emprender. El pulso familiar fue tremendo, durante un año su hermana sacó las peores notas que pudo y vivió sin normas, mientras sus padres intentaban tapar los escándalos que sin duda hacían peligrar su carrera política. Después accedió a terminar la carrera de Medicina y convertirse en cirujana a cambio de medio año sabático en Francia. Lo demás ya era historia, su relación con Charles y otros diez años de desenfreno, drogas e interminables fiestas hasta que llegaron los niños.

Scott no podía negar que su hermana había vivido intensamente, aunque ahora tuviera que conformarse con las cenizas de su felicidad. Debía ayudarla, pero estaba seguro de que Mary ni siquiera sabía que él se encontraba en Turquía. ¿Cómo podía contactar con ella?

Mientras continuaba corriendo hacia la parte de los restaurantes, decidió hacer pública la desaparición de su hermana, al menos de esa forma ella sabría que su familia estaba allí y que podía ayudarla. Se paró en seco, tomó su iPhone para telefonear a un célebre presentador de la CNN y esperó a que contestase. No se había molestado en mirar la hora que era en Atlanta, Tim Sanders siempre contestaba a sus llamadas. Unas cuantas veces le había proporcionado algunas exclusivas.

—¿Tim? Soy Scott. Quiero que anuncies que mi hermana Mary y mi cuñado Charles llevan dos días desaparecidos. Tememos por sus vidas, sobre todo por la de Mary. Sospecho que mi cuñado puede estar detrás de todo lo sucedido, creo que él secuestró a mi sobrina para quedarse el dinero de mis padres. Puedes contarlo todo, pero no reveles tu fuente.

El periodista tardó unos segundos en reaccionar, pero después se sentó en la cama y acercó su portátil para apuntar todos los detalles que le estaba facilitando su amigo.

Aquello era un verdadero bombazo. Los Roberts y los Smith eran dos de las sagas de políticos más famosas del país. Charles y Mary se habían convertido en muchas ocasiones en fuente de escándalo y, aunque llevaban unos años con sus vidas normalizadas en Inglaterra, el periodista sabía el morbo que levantaban noticias como esa. Dinero, secuestros, política y cuernos.

—¿Por qué iba tu cuñado a cometer semejante locura? —preguntó el periodista.

—No tiene ni un dólar, su única esperanza era vender el sistema de seguridad que su empresa termina de inventar, pero eso también lo ha arruinado.

—Sabes que en cuanto suelte esta bomba Charles será crucificado por los medios.

—Sí, no me importa lo que le suceda a él, quiero salvar a Mary y Michelle.

—Pero si es culpable, ¿qué le impedirá asesinarlas? —preguntó el periodista.

—Precisamente, el hecho de que sea el principal sospechoso.

—Gracias, Scott, te debo una.

—Puedes anunciarlo hoy mismo.

—No te preocupes, saldrá en las noticias de las siete. Suerte amigo, espero que todo se solucione pronto.

Scott colgó el teléfono, se lo sujetó de nuevo en el brazo y continuó corriendo. Mientras el esfuerzo comenzaba a invadir su cuerpo, recordó la carita de Michelle. Sabía que él nunca tendría hijos, pero adoraba a aquella niña. Ella, sus padres y su hermana eran lo único que realmente le importaba en la vida.

CAPÍTULO 36

Mary no podía moverse. El frescor de la noche y el hecho de haber tenido que permanecer inmóvil las últimas horas le habían agarrotado todos los músculos. El estrés y el cansancio no contribuían a mejorar su estado, como tampoco el llevar tantos días sin tomar la medicación. Sabía que era una presa demasiado fácil para Roger y Judith, por eso intentó moverse lo más rápido posible. No sabía a quién acudir. Ya no podía seguir huyendo; se entregaría y les contaría a todos la verdad.

Se arrastró hasta la parte superior del riachuelo e intentó ver algo en medio de la oscuridad. Al fondo se distinguían las luces de la urbanización, al otro lado la calle en la que vivía el jefe de seguridad. Caminó despacio, notando los músculos entumecidos y los huesos doloridos. Tenía las piernas cubiertas de magulladuras, pero al menos todavía estaba viva y podía continuar la búsqueda de su hija.

Se acercó a la urbanización; allí estaba la policía, seguramente la llevarían a la villa y la interrogarían. Al fin y al cabo no había cometido ningún delito, su único crimen era amar a su hija.

Caminó unos doscientos pasos, pero justo cuando estaba a punto de llegar a la luz, notó que alguien la agarraba del cuello y tiraba con fuerza para atrás. La mujer se derrumbó, su extrema debilidad unida a su enfermedad le impidió oponer resistencia. Por otro lado, casi deseaba terminar con todo: a veces la muerte parece la salida más sencilla para los desesperados. Procuró pensar que lo había intentado y que en ese punto solo le quedaba dejar de respirar, simplemente.

Respiró hondo y percibió un perfume femenino que le resultó familiar.

—Maldita zorra, ¿ahora quién juega a ser la asesina? Querías matarme por haberme follado a tu marido, ¿no es así? Pues por si te interesa te diré que siempre me ha dado tanto asco como tú, pero debía ganarme su confianza.

Mary reconoció la voz de Judith, ya no tenía el tono de niña buena que solía emplear con los demás.

—Hazme lo que quieras, pero deja en paz a mi hija.

—¿Tu hija? ¿Desde cuándo te preocupas por la niña? Nunca te he visto hacerle el menor caso. La única persona que te importa en el mundo eres tú misma. Maldita egoísta.

Mary intentó zafarse, pero fue inútil, Judith era más joven y fuerte que ella. Ni siquiera su desesperación fue capaz de infundirle algo de aliento.

—Ahora me acompañarás hasta la casa. Si gritas, intentas escapar o me atacas, atente a las consecuencias.

La mujer se incorporó con dificultad. Lo cierto era que no hubiera podido huir aunque hubiese querido, no tenía aliento ni para gritar. Sintió el frío de un cuchillo en las costillas y por primera vez fue consciente de que iba a morir.

Caminaron lentamente hasta llegar a la calle, donde en ese momento no había nadie; la gente prefería estar en sus casas al anochecer, en algunas zonas la seguridad era limitada y la delincuencia había aumentado mucho en los últimos años.

Estaba acercándose al jardín cuando oyeron unos pasos que corrían hacia ellas. Judith se volvió, pero antes de que pudiera reaccionar notó un fuerte golpe en la nunca. La niñera se cayó al suelo y Mary la siguió, incapaz de sostenerse por sí misma.

—¿Se encuentra bien? —dijo una voz, pero su mente ya comenzaba a desconectarse hasta perder el conocimiento por completo.

Cuando despertó estaba en una habitación a oscuras. Seguía siendo de noche, pero por la ventana entraba la luz de la calle. Intentó incorporarse y descubrió que no tenía fuerza suficiente para ello. Volvió a quedarse dormida. Al abrir los ojos de nuevo ya era de día y se sentía mucho mejor. Intentó levantarse, pero sus músculos apenas le respondían.

Se quedó quieta mirando el techo antes de observar cuanto la rodeaba. La habitación estaba pintada de rosa, con visillos del mismo color y una cómoda blanca estilo Luis XIV a juego con las mesillas y el cabecero de la cama. Las sábanas eran de seda y había un hermoso retrato de una mujer justo delante del lecho.

Oyó pasos y cómo giraba lentamente el pomo de la puerta. Después un hombre entró en la habitación.

—Espero que haya logrado recuperar fuerzas —le dijo—. Cuando la encontré parecía estar en muy mal estado. Me he permitido administrarle su medicación, por suerte conocía su problema, mi primera mujer sufrió una enfermedad parecida.

Mary miró sorprendida al hombre y se sentó en la cama.

—¿Por qué no llamó a la policía? —inquirió.

—No estaba seguro de que fuera eso lo que deseaba, pero si quiere puedo llamar de inmediato.

Mary negó con la cabeza. Ahora que comenzaba a recuperar las fuerzas era consciente de que debía continuar buscando a su hija. El tiempo se agotaba y los secuestradores no aguantarían mucho esa situación.

CAPÍTULO 37

Los inspectores no habían logrado localizar a Roger ni a Judith. Tampoco podían tramitar una orden de busca y captura. No había pruebas contra ellos, únicamente se podía acusar a Roger de haber acompañado a su jefe para que este retirara dinero de un banco. No había cometido ningún delito, al menos por el momento.

Kerim dejó varias llamadas en el teléfono del alemán indicándole que se pusiera en contacto con él de inmediato. Intentaba ser amenazante, pero no tanto como para que el exmercenario pensara que le esperaba algún tipo de peligro.

Tampoco habían avanzado mucho las pesquisas con respecto a la entrega del dinero, por eso precisamente estaban de nuevo en la villa. Querían convencer a la familia para que los ayudaran en la entrega del dinero, de esa forma averiguarían si se trataba de un secuestro de verdad y darían con el paradero de la niña.

En el salón estaban reunidos Scott, sus padres, la agente Anna y los dos policías turcos. El inspector jefe había advertido a Kerim que si no lograba solucionar el caso antes de cuarenta y ocho horas lo relevaría por un nuevo grupo de investigación. Por un lado aquella amenaza había supuesto un alivio, pero era consciente de que si un nuevo grupo conducía el caso, la muerte de Michelle estaría casi garantizada.

—Señores Smith, les agradezco que nos hayan querido recibir de nuevo. Cada vez estamos más cerca de concluir el caso, pero necesitamos su ayuda. Queremos que entreguen el dinero en el lugar acordado por los secuestradores.

—No va a engañarnos. Estamos seguros de que intentarán atrapar a los secuestradores y eso será el fin de mi nieta —replicó Hillary frunciendo el ceño.

Kerim ya sabía que la senadora sería el principal obstáculo; los Smith creían que los secuestradores eran personas razonables que únicamente deseaban su dinero, pero no era así. En ese caso había mucho más que codicia, estaba casi seguro de que la soberbia, la lujuria, la ira y hasta la envidia tenían algo que ver en el asunto.

—No podemos obligarles a hacerlo, pero pensamos que es lo mejor —comentó Emine.

—¿Usted qué nos aconseja? —preguntó Scott a la agente del FBI.

—Esta no es mi jurisdicción, pero dadas las circunstancias, pienso que los secuestradores tienen varias intenciones. Puede que la entrega del dinero no termine de satisfacerles; si no encontramos a la niña, me temo que no volverán a verla.

Anna quiso ser muy dura en su respuesta, conocía la actitud de Hillary y la única manera de hacerle cambiar de opinión era que advirtiera el tipo de peligro que corrían tanto su nieta como su hija. Estaba casi convencida de la culpabilidad de Charles en todo el asunto, en ese punto coincidía plenamente con Scott.

—Muchas gracias por su consejo, pero creo que me dejaré llevar por mi instinto. Desde este momento la familia no volverá a apoyarles en la investigación, no deseamos protección policial y cualquier intromisión por su parte será denunciada ante los tribunales de Turquía y Estados Unidos.

—Como comprenderá, señora, no podemos cerrar un caso de secuestro. Si se niegan a colaborar será bajo su responsabilidad —contestó Kerim, sumamente irritado.

—Ahora quiero pedirles que abandonen la casa —añadió Hillary, dirigiéndose a los policías.

Los tres se dirigieron a la salida, pero antes de que atravesaran la puerta Scott se acercó a la agente Anna y le comentó en voz baja:

—La mantendré informada, creo que mis padres se han vuelto completamente locos. Michelle necesita su ayuda. También quería comentarle que he puesto en conocimiento de los medios de comunicación la desaparición de Charles y Mary.

—¿Qué ha hecho?

—Sin duda es lo mejor. Mary sabrá que estamos aquí y vendrá a casa. Ambos tendremos una preocupación menos y si Charles intenta hacerle algo a mi hermana o mi sobrina, todas las sospechas recaerán sobre él.

—Eso podía poner en peligro a Michelle. Si Charles no es responsable de la desaparición de la niña, los secuestradores intentarán deshacerse de ella —dijo Anna con nerviosismo.

—No creo, el secuestrador es Charles, y al verse atrapado dejará en paz a mi hermana y su hija.

La agente salió de la casa, los dos policías turcos la esperaban en la carretera. Parecían muy serios cuando se acercó a ellos para hablar.

—Esa familia está completamente loca —dijo Emine.

—Todos están atravesando un momento difícil, pero seguro que entran en razón —dijo Anna.

—Cuando quieran hacerlo será demasiado tarde. A Michelle no le queda mucho tiempo. Si el culpable es su marido se deshará de las dos, y si es un grupo terrorista tampoco las mantendrá con vida. Por no hablar de lo que hace la mafia en estos casos.

—Dentro de unas horas todo lo que está pasando saldrá a la luz. Imagino que si los secuestradores se encuentran inseguros, el hecho de ver la desaparición de los padres de Michelle en todos los informativos del mundo no contribuirá a tranquilizarlos —añadió Emine.

—Una pregunta, ¿sabe dónde podemos encontrar a Judith? No estaba en la casa donde la puso hace unos días.

—No sé, como todo se tranquilizó le quité la escolta policial.

Anna pensó en compartir con ellos lo que le había comentado Scott, pero era una baza que debía jugar sola.

Kerim y su compañera se marcharon juntos. En cuanto estuvieron en el coche, Emine no resistió darle un beso fugaz. Kerim la miró con asombro y después con cierto desdén.

—No vuelvas a hacerlo nunca más. Estamos trabajando.

—Lo siento —contestó Emine algo nerviosa. Sin darse cuenta había transgredido una de las rígidas normas de su jefe: no mezclar nunca lo profesional con lo personal.

Después de dejar a la subinspectora en su casa, Kerim aparcó el coche en el paseo marítimo y comenzó a caminar a orillas del mar. Debía aclarar las ideas. Todo parecía indicar que Charles Roberts podía ser el culpable con la complicidad de Roger Milman, aunque no sabía qué tenía que ver la joven cuidadora en todo aquel asunto. Tal vez soñara con convertirse en la nueva esposa de Charles o simplemente le había ofrecido algo de dinero.

Se sentó en un pequeño parque y de alguna manera sintió que aquel iba a ser su último caso. En las últimas semanas habían ocurrido cosas terribles, pero también había podido acercarse a otro ser humano después de tanto tiempo. Era consciente de que tal vez le costara manejar la situación, pero ya no albergaba ninguna duda: Emine y él se amaban. Ahora temía por su seguridad y la del resto de su familia. Kerim sabía que el amor siempre consistía en sufrir y ceder, pero eso ya no le importaba. Aquella mujer merecía la pena de verdad. Volvería a fundar una familia y redirigiría de nuevo su vida.

CAPÍTULO 38

—Es inútil discutir con la policía; aunque nos neguemos a colaborar con ellos, saben el lugar de entrega del dinero —comentó Scott, algo molesto por la actitud de sus padres.

—¿De verdad piensas qué voy a dejar a mi hija y mi nieta en manos de gente como esa? ¿Qué han hecho durante todo este tiempo? No saben nada del paradero de Michelle y para colmo han perdido a Mary. Tú harás la entrega y, si hace falta, te acompañaran unos guardaespaldas. La familia de Charles nos ha proporcionado el teléfono de un grupo que ya han utilizado algunas veces —dijo Hillary.

—¿Quieres contratar mercenarios? —preguntó Scott, asombrado.

—Son profesionales —dijo su madre en tono tajante.

—Papá, tú no estarás de acuerdo con esta locura, ¿no? Mamá ha perdido la cabeza por completo.

Sam encogió los hombros. Sabía que era muy difícil convencer a su mujer para que cambiara de opinión, sobre todo en un tema tan delicado.

—Además, si ese maldito bastardo de Charles tiene algo que ver con todo esto, les mandaré que le peguen un tiro en la cabeza —amenazó la mujer.

—Accedo a llevar el dinero, pero no permitiré que contratéis a matones —comentó Scott.

—¿Qué sucederá si te secuestran a ti también?

—Mamá, esto tiene que terminar. Esa gente quiere el dinero y largarse, y si es Charles ya me encargaré yo de él.

—Muy bonito, ese es tu plan. Que mi hija y mi nieta mueran, para que luego te metan a ti en la cárcel de por vida. ¿Qué será de los Smith? Nosotros…

—Me importan una mierda los Smith. Ni siquiera eres una de nosotros. Si no te hubieras casado con mi padre continuarías siendo una bibliotecaria más de la Universidad de Columbia —dijo Scott sin medir bien las consecuencias de sus palabras. Aquella mujer, junto a su hermana y sobrina, era la persona que más amaba en el mundo, pero era capaz de sacarle de sus casillas con mucha facilidad.

Hillary se levantó del sillón y sin mediar palabra se retiró a su habitación. Sam miró con indignación a su hijo; su esposa podía ser un incordio, mandona y obstinada, pero lo único que deseaba era el bien de la familia. Debía proteger a sus cachorros. Eso era algo que Scott nunca entendería.

—Lo siento —dijo el hombre a su padre.

De repente Sam pareció mucho más anciano, su rostro reflejó todo el cansancio de una vida a la sombra de su esposa, el peso de una saga de la que no se sentía merecedor.

—Eres el último Smith, maldita sea. Hemos tenido paciencia contigo, pensábamos que sentarías la cabeza, pero únicamente te preocupas por ti mismo. Tal vez merezcamos desaparecer todos nosotros. Cuando una familia pierde el sentido de su misión, cuando ya únicamente importa la felicidad egoísta de cada uno, el principio del fin ha llegado. Yo he hecho muchos sacrificios y antes que yo tu abuelo, esto no trata de lo que queremos, Scott, trata de lo que somos.

Sam se puso en pie y siguió los pasos de su esposa.

Scott se quedó sorprendido ante la reacción de sus padres. Nunca lo había visto desde ese punto de vista; para él su familia era una dura carga que soportar, pero nunca había pensado que también era una línea que mantener. Algo se movió dentro de su ser, como si el sufrimiento, la lucha interior y su afán por querer ser él mismo hubieran quedado en un segundo plano. Los seres humanos siempre representan mucho más que un montón de individualidades, son sobre todo el producto de una herencia y de una tradición. Cuando una familia desaparece, el mundo se convierte en un sitio más vacío y hostil.

—Lo haré, mamá —dijo en voz baja. Su voz le recordó las miles de veces que había obedecido a regañadientes, pero en este caso estaba convencido de lo que hacía. Mary no merecía morir a manos de un asesino, fuera este un terrorista kurdo o un mafioso. Michelle tenía aún toda la vida por delante, era una niña, por Dios. Mataría a quien hiciera falta para devolverla sana y salva con sus abuelos.

Puso la televisión y buscó el canal de noticias de la CNN. Los informativos ya anunciaban en titulares la desaparición de los señores Roberts y el extraño caso de fraude y engaño que rodeaba la vida de Charles. En ese momento Scott sintió ganas de vomitar, se acercó al jardín y cuando la náusea lo invadió de nuevo ya no pudo evitar vomitar hasta la bilis, dejando que su cuerpo se purificara por dentro antes de que intentara redimir todos sus pecados, redimiendo también su alma atormentada.

CAPÍTULO 39

Roger Milman encontró a Judith aturdida; había logrado escapar en un descuido de su agresor, pero después se había quedado inconsciente. Roger la llevó hasta su coche y la dejó en el asiento de atrás. No había comprobado sus constantes vitales, pero estaba seguro de que no estaba muerta. No podía negar que se sentía algo inquieto y confundido. No sabía qué hacer, la policía no tardaría en descubrirlo todo y era consciente de que debía huir cuanto antes. Al principio pensó escapar sin más, pero Judith era un cabo suelto y sabía que ese tipo de cosas al final se pagaban muy caras. Condujo hasta un acantilado, después paró en el mirador y comprobó que nadie le seguía. Miró en la parte trasera del coche, la luz pareció molestar a la joven y se tapó la cara con la mano.

—Ven conmigo —dijo el hombre de manera tan cariñosa que a cualquiera que le hubiera escuchado le habría parecido más la invitación de un amante que las últimas palabras de un asesino a su víctima.

Roger se conservaba en perfecta forma. Siempre había tenido un físico privilegiado y, aunque sabía que no era muy inteligente, ya estaba cansado de trabajar para otros. Era el momento de vivir la vida y dejar de ser el lacayo del rico de turno. Llevó a Judith hasta el borde del acantilado, miró la noche despejada y sintió la brisa fresca que comenzaba a soplar. Respiró hondo, como si quisiera retener ese momento, que para él constituía el punto de inflexión de su vida. Levantó los brazos y dejó caer el cuerpo de la muchacha. Cuando Judith comenzó a despertarse ya estaba a pocos metros de las rocas; apenas tuvo tiempo de gritar antes de que se le partiera el cuello y se quedara con los ojos muy abiertos mirando la luna.

El alemán se sacudió las manos, como si hubiera realizado un gran trabajo, y se dirigió al coche. Cuando vio el otro vehículo supo que algo iba mal. Si se trataba de un turista le habría visto arrojar el cuerpo de la chica, aunque sin duda debía de tratarse de otro tipo de intruso: cualquier persona en sus cabales habría salido huyendo al contemplar una escena como aquella.

El hombre se acercó al vehículo, pero no parecía estar ocupado. Sacó su arma y apoyó la mano en el cristal para asegurarse.

—No hay nadie dentro —comentó una voz a su espalda.

—Me lo imaginaba —dijo el alemán.

—Dicen que la avaricia rompe el saco —añadió el hombre.

—Eso lo sabes tú muy bien, señor Roberts —contestó el alemán sin volverse.

—Suelta el arma despacio.

—Si suelto el arma soy hombre muerto —dijo el alemán.

—Si no la sueltas también. ¿No prefieres vivir unos minutos más?

Roger pensó en sus posibilidades. Si le disparaban por la espalda a quemarropa estaría muerto casi de inmediato; si soltaba el arma y conversaba, al menos tendría alguna posibilidad de enfrentarse a Charles.

Su jefe le apuntaba con una pistola automática y Roger sabía que era diestro con las armas. Debía buscar una manera de entretenerle y acabar con él cuando perdiera la concentración.

—Acabas de tirar a Judith por el acantilado. Eres un asesino y un maldito hijo de puta —dijo Charles, enfadado.

—Sí, pero no entiendo por qué no lo has impedido. ¿O es que preferías verla muerta?

—Yo soy el que hace las preguntas.

—Pues tú dirás —dijo el hombre, tirando el arma y dándose la vuelta.

—¿Dónde está Mary?

—¿Me preguntas a mí dónde está tu mujer? Yo qué diablos sé.

—Creo que fue a tu casa, estoy plenamente convencido.

—¿A mi casa? ¿Por qué iba a ir a mi casa? —preguntó el alemán.

—Para intentar encontrar pistas sobre los secuestradores.

Roger sonrió. Su jefe a veces podía sacarle de sus casillas, pero intentó controlarse, no quería terminar con un tiro en el pecho demasiado pronto.

—Es cierto, vino a mi casa esta mañana. Estaba hablando con ella cuando oyó a Judith en la planta de arriba. Entonces escapó. No pudimos hablar con ella.

—¿Hablar? Ese no es tu estilo. Cuando alguien juega a dos barajas termina perdiendo.

—Eso dicen —contestó con aire indiferente. No era la primera vez que alguien le apuntaba con un arma. Roger había combatido en muchos sitios, había puesto su pecho delante de muchas balas por dinero; la vida o la muerte eran apenas cuestión de un chasquido de dedos, de una moneda lanzada al aire cuya cara o cruz daba o quitaba la vida—. Pero yo no he jugado a dos barajas.

—Ya lo creo que lo has hecho. No te conformabas con lo que te ofrecí. Quitaste el oxígeno de las dos bombonas. ¿Verdad?

—No, debió de tratarse de un error.

—Pero no sabías que en el último momento cambié el dinero de sitio, no me fiaba de ti. Cuando fuiste a por él al aeropuerto y buscaste en la consigna ya no estaba allí. Por eso cuando viste a mi mujer esta mañana pensaste que era tu día de suerte. Esa ingenua de Judith confió en ti, creyó que la llevarías a algún sitio paradisiaco para que disfrutara de la vida, pero lo querías todo para ti —dijo Charles sin dejar de apuntarle.

—Las cosas a veces se complican y uno tiene que saber improvisar. La vida no es más que una gran improvisación, por eso los que no tenemos un guion preestablecido solemos conseguir más cosas. Pensé que se te daba mejor la improvisación, Charles.

—¿Dónde está mi mujer? Espero que no se te haya ocurrido hacerle daño.

—No, te dejo ese privilegio. Le has mentido, engañado, despreciado y utilizado, será mejor que termines cuanto antes con su sufrimiento.

Charles intentó controlar su ira, necesitaba saber primero dónde estaba Mary.

—Vamos a hacer un trato, si me dices dónde está mi mujer te dejaré ir. Tomarás ese coche, usarás tu pasaporte falso y te esfumarás para siempre.

—Sería fácil hacer algo así. Para que luego arrojes sobre mí toda tu mierda, pero ya estoy cansado de ser el cubo de basura de gente como tú. Si quieres encontrar a tu mujercita, búscala tú mismo. Si me dejas ir tendré la boca cerrada y seré un buen chico.

El hombre lo miró con desprecio. Roger era un asesino a sueldo, un mercenario vil y mentiroso, pero tampoco quería matarle. Asesinar a sangre fría a un hombre desarmado no era tan sencillo como parecía a simple vista. En el fondo deseaba que lo atacase, tener que pegarle un tiro mientras se defendía.

—Es una pena terminar de esta manera después de tantos años de colaboración, pero a veces la vida no te deja muchas opciones. Como tú dices, tendré que improvisar, ¿verdad?

El alemán se lanzó sobre él, los dos forcejearon y comenzaron a rodar por el suelo hasta encontrarse a pocos centímetros del acantilado. Roger golpeó la mano de Charles contra una roca hasta desarmarlo y acto seguido comenzó a propinarle puñetazos en la cara. El hombre logró esquivar uno de ellos y el puño del alemán golpeó directamente la roca. Este pegó un bramido y Charles aprovechó para recuperar el arma. Disparó, pero falló. El alemán cogió el cañón aún caliente de la pistola y comenzó a girarlo hasta que sonó un nuevo disparo.

CAPÍTULO 40

Por la noche Mary bajó a cenar con los Zimler. Alissa había preparado un delicioso caldo caliente y Pierre había descorchado su mejor vino. La mujer encendió la televisión mientras esperaba que sirvieran la comida. Se sorprendió al ver que en las noticias hablaban de su desaparición e inculpaban a su esposo. Se sentía confundida; ella también había tenido sus dudas, pero después de ver lo que Charles había hecho por Michelle, renunciando a su propia vida para poder salvarla, ya no estaba segura de su culpabilidad. De hecho, si él hubiera intentado matarla habría podido hacerlo en muchas ocasiones.

—Lamento las noticias. No te quisimos contar nada, temíamos que recayeras. En tu estado una crisis puede ser muy grave, sobre todo si mantienes ese nivel de estrés por mucho tiempo —comentó Pierre.

—Os estoy muy agradecida.

—No importa, hemos sido tus buenos samaritanos, no podíamos hacer otra cosa. Lamentamos mucho todo lo sucedido, la policía nos interrogó y le contamos todo lo que sabíamos, que no era poco. Pero será mejor que cenemos —dijo el hombre.

Se sentaron a una mesa cuadrada, los tres comensales estaban situados en uno de los extremos, Pierre presidía la mesa.

—Este es un excelente vino francés, creo que puedes tomarlo, no afectará a tu medicación.

—¿Cómo habéis conseguido los medicamentos para mi enfermedad?

—Bueno, hoy día por internet se puede conseguir cualquier cosa, querida.

—Espero que te guste —dijo Alissa.

—Está delicioso, en estos días apenas he comido. De hecho es un milagro que esté viva. ¿Qué le ha sucedido a Judith? —preguntó Mary, que comenzaba a recordar lo ocurrido.

—Imagino que tendrá un buen chichón. Os vi peleando y como habíamos visto por televisión las acusaciones que había vertido sobre vosotros esa mujer, intenté parar la lucha y la chica escapó. Soy un viejo, pero aún mantengo los reflejos —dijo Pierre sonriente, mientras enseñaba su brazo blanquecino y flaco.

—Pierre es un bromista. Espero que le perdones.

—Un poco de humor no me viene nada mal, necesito relajarme para templar los nervios.

Los tres comieron en silencio durante unos minutos mientras se escuchaba el *Réquiem* de Mozart de fondo. Alissa fue a por el segundo plato.

—Creo que me iré de inmediato —dijo Mary.

—¿Sabes que tus padres y hermanos están aquí? No queremos ser vecinos cotillas, pero lo han dicho en las noticias. Al parecer han accedido a entregar el rescate a los secuestradores. Lo siento, creo que he hablado más de la cuenta —dijo el hombre, algo apurado al ver la cara de Mary.

—¿Mis padres y mi hermano están aquí?

—Sí, apenas han salido de la casa; bueno, a tu hermano sí lo he visto correr por la urbanización. Parece un hombre muy agradable, me saludó al pasar —comentó Pierre.

Mary ya no escuchaba las palabras del hombre. Pensó que era mejor terminar la cena e ir a su casa. Tenía ganas de abrazar a Scott y sus padres. Se había sentido tan sola y perdida, y ellos estaban tan cerca, que no pudo evitar echarse a llorar.

—Querida, lo siento. Soy un pésimo anfitrión.

—Creo que me iré ahora mismo. Necesito ver a mi familia cuanto antes.

—Es muy tarde, casi las once de la noche. Tus padres deben de estar durmiendo, puede que se sobresalten al verte. Aunque por otro lado seguro que se alegrarán.

Alissa entró en el salón con el segundo plato. Vio que Mary se había puesto en pie y miraba la puerta con cara compungida.

—¿Qué ha sucedido? —preguntó Alissa.

—Mary quiere reunirse con los suyos —dijo Pierre, dejando la servilleta sobre la mesa y poniéndose en pie.

—Bueno, pues será mejor que la acompañemos.

—No es necesario, ya os he molestado suficiente. Está a unos metros de aquí.

—Ni hablar, no es ninguna molestia. Nos quedaremos más tranquilos si te dejamos en la casa, no queremos que te encuentres de nuevo con esa energúmena de Judith o que te suceda cualquier cosa —contestó Pierre.

El hombre se fue a calzarse los zapatos mientas Alissa buscaba una chaqueta en el armario de la entrada.

—¿Tendrás frío? —preguntó la mujer.

—Bueno, no me vendría mal una rebeca —contestó Mary.

La mujer le dio una chaquetita fina de color verde y los tres salieron a las calles de la urbanización. Desde el incidente, la mayoría de los turistas habían desaparecido y los residentes se encerraban en sus casas, como si temieran que les sucediera lo mismo que a los Roberts.

Los tres se encaminaron hacia la villa, pero apenas habían avanzado unos metros cuando un hombre se interpuso en su camino. Se hallaban en una parte oscura de la calle y el rostro del tipo estaba en penumbra; los tres se quedaron parados, como si aquel individuo pudiera intimidarles con su mera presencia.

—Mary —dijo el hombre.

No hicieron falta más palabras, enseguida reconoció la voz de Charles. Durante aquellos más de veinte años su marido había pronunciado su nombre millones de veces, pero nunca le había sonado tan dulce como esa noche.

—¿Charles?

Aún no se había hecho a la idea de que estuviera muerto. Para la mayoría de las personas la muerte era una palabra casi incomprensible, la no existencia nunca entraba en los parámetros del amor, y ella continuaba amando a Charles con toda su alma.

—Gracias a Dios estás bien…

El hombre avanzó un paso, pero Pierre sacó de su bastón lo que parecía un largo puñal y lo levantó.

—Mary, será mejor que no te precipites. Los medios de comunicación han dicho que tu marido podía estar detrás del secuestro de Michelle, comentan que se había arruinado y que pretendía hacerse con varios millones para escapar a algún sitio.

Mary lo miró sorprendida.

—Eso es absurdo, baja el cuchillo —ordenó, extendiendo los brazos.

—Si te parece bien, llamaremos a la policía. No quiero dejarte en sus manos sin más.

—Maldito entrometido —masculló Charles, abalanzándose sobre el anciano. Pierre perdió el equilibrio y cayó al suelo.

En ese momento apareció Anna Marcos y sacó su arma.

—¡Quieto! —gritó a Charles.

Este la miró y se quedó con los brazos en alto.

—Será mejor que se tranquilicen, voy a llamar a la policía. No quiero que nadie se mueva —dijo la agente mientras con la mano libre sacaba el teléfono.

Charles aprovechó el momento para dar una patada a la mano de la agente y comenzó a correr.

Mary observó impotente la escena. ¿Por qué huía su marido?, se preguntó mientras Alissa ayudaba a Pierre a ponerse en pie.

—¡Charles! —gritó Mary, pero él ya estaba muy lejos.

—No podrá escapar —dijo Anna, que había recuperado el arma.

—¿Por qué lo ha apuntado? —se quejó Mary.

—Es sospechoso de secuestro —dijo la agente.

—¿Sospechoso de secuestro? ¿Basándose en qué pruebas?

—Bueno, será mejor que eso lo discutamos mañana. Imagino que estará deseando ver a su familia —comentó la agente.

Mary se sentía de nuevo agotada y confusa.

—Gracias por mandarme el aviso; en cuanto me comentaron que Mary estaba con ustedes y que quería regresar a casa vine a toda prisa.

—Cumplimos con nuestro deber, agente. No la llamamos antes porque Mary no estaba segura de qué hacer —contestó Pierre, que ya parecía recuperado del encontronazo.

Mary y Anna se dirigieron a la villa. Llamaron a la puerta y Scott salió a abrir. En cuanto vio a su hermana se abrazó a ella y comenzó a llorar.

—¡Mary! ¡Estás bien, gracias a Dios! —dijo Scott acariciando el pelo de su hermana, como si necesitara comprobar que era real y no se trataba de un sueño.

Hillary y Sam bajaron de inmediato, en cuanto oyeron el bullicio en la puerta. Al ver a su hija se unieron al abrazo y los cuatro estuvieron unos segundos sin hablar, limitándose a llorar y gritar de emoción. La vida parecía darles una ligera tregua por el momento; la mañana traería nuevas incertidumbres, pero en ese momento solo habían de dejar que sus corazones volvieran a sintonizar de nuevo.

CAPÍTULO 41

La furia no era una buena consejera, pero enterarse el último de que los señores Roberts habían decidido aparecer a media noche en la urbanización era algo que lo sacaba de sus casillas. Emine estaba sentada a su lado en silencio, la cara de Kerim lo decía todo. En los últimos días no había hecho otra cosa que quejarse y maldecir.

—No solucionarás nada con esa actitud. La agente Anna Marcos se encontraba cerca, la llamaron y actuó. Al menos todo lo sucedido confirma la teoría de que el culpable es Charles. Él intentó deshacerse de su esposa y se puso de acuerdo con Roger y Judith para quedarse con el dinero de sus suegros.

—Si eso es verdad, no entiendo por qué no se fugó sin más. Ya tenía el dinero, podía abandonar a su esposa y dejar a su hija en la puerta de una comisaría o llevársela con él —replicó Kerim sin dejar de mirar la carretera.

—A veces los seres humanos tenemos comportamientos inexplicables —dijo Emine.

—Los criminalistas no creemos en las casualidades ni en los comportamientos inexplicables. Siempre hay una razón, puede que la desconozcamos, pero siempre la hay. Un delincuente que ha secuestrado a su propia hija no se presenta en el lugar del crimen para que lo atrapen —dijo Kerim, malhumorado.

—A no ser que ella tenga el dinero. Charles no logró recuperarlo, por eso la buscaba —comentó la subinspectora.

—Por eso la perseguía Judith, según declaró Pierre Zimler, que defendió a Mary de una agresión de la chica. El alemán y la cuidadora eran cómplices de Charles, de eso no hay duda. Si lográramos dar con ellos…, pero o bien han huido, que es lo más probable, o Charles los ha matado.

—Esta noche a las doce saldremos de dudas, si acude a por el rescate podremos atraparlo.

—Me temo que no será tan ingenuo. Tengo la sensación de que estamos ante un caso que no logrará resolverse nunca, uno de esos misterios de la historia del crimen.

Emine no quería rendirse todavía. Michelle le recordaba a sus hijos. Ningún niño debía sufrir algo tan atroz como un secuestro y mucho menos morir a manos de un asesino.

—No perdamos la esperanza —dijo ella cuando llegaron a la urbanización.

Los dos policías atravesaron el control y se dirigieron a la villa. Debían interrogar a Mary, si esta se negaba a hablar podían acusarla de ser cómplice del secuestro y llevarla a comisaría. Aunque sabían que si se atrevían a arrestar a la madre de una niña secuestrada y después quedaba absuelta, los crucificarían.

Cuando llamaron a la villa les abrió Scott. A su lado se encontraba Anna, como si siempre estuviera al tanto de todos sus movimientos para adelantarse.

—Queremos interrogar a solas a Mary —dijo secamente Kerim.

—Me temo que si quieren hablar con ella, tendré que estar yo presente. Lo ha pedido la familia —contestó Anna con un aire de victoria que se le atragantó al inspector.

Llegaron al salón y vieron a la mujer sentada entre sus dos padres. En unos días había envejecido años. La raíz canosa comenzaba a invadir su pelo, estaba sin arreglar y vestida con lo primero que había encontrado en el armario.

—Señora Roberts, necesitamos hacerle unas preguntas.

—Responderé a lo que quieran —contestó la mujer con aire indiferente, como si estuviera bajo el efecto de algún tranquilizante.

—Por favor, queremos hablar con ella a solas —insistió el inspector.

—Esto es indignante, somos ciudadanos norteamericanos, no pueden tratarnos de esta forma. Este es un país de salvajes —dijo Hillary indignada.

—Señora, en Turquía éramos una de las civilizaciones más avanzadas del mundo cuando América no existía —replicó Kerim, molesto por los comentarios de la senadora.

—Por favor, será sólo un momento —intervino Emine en tono conciliador.

Los padres y el hermano de Mary salieron del salón, donde permanecieron los tres policías y la mujer. Kerim se sentó sobre la mesa de cristal, justo enfrente de ella, y las dos agentes una a cada lado.

Durante media hora el inspector le pidió que les contara los detalles de su huida, las razones que la habían impulsado a escapar y todo lo que supiera de su marido. La mujer respondió con calma, aunque en un par de ocasiones estuvo a punto de echarse a llorar.

—Muchas gracias, señora Roberts, lamento tener que interrogarla, pero su marido es el principal sospechoso de un caso de secuestro —dijo Kerim, tratando de ser amable.

—Lo entiendo, pero creo que Charles es inocente. No le veo capaz de hacer sufrir a nuestra hija de esa manera por dinero.

—Me gustaría creerla, pero el número de pruebas contra él es abrumador, por no mencionar que la máxima de toda investigación es que para encontrar al culpable hay que buscar a la persona que más se beneficia del delito. Su marido podría recuperar una pequeña fortuna y comenzar su vida de nuevo —dijo Kerim, en un intento de explicarle las razones que los llevaban a sospechar de Charles.

—Yo no soy policía, pero conozco a Charles. También dudé de él, pero estoy convencida de que no sería capaz de hacerle daño a Michelle.

—Nadie ha dicho que pretenda hacerle daño, debe de tenerla retenida en algún lugar hasta que consiga todo el dinero. Perdió el primer rescate, por eso necesita el segundo. ¿Se reafirma en su declaración de que no encontró ningún dinero guardado por su esposo? —preguntó Kerim.

—Así es, no encontré ningún dinero —mintió la mujer.

No deseaba entorpecer la investigación, pero por otro lado podrían necesitar ese dinero para salvar a su hija si fracasaba el encuentro con los secuestradores.

—Ya le ha respondido a esa pregunta varias veces —intervino Anna.

—Es la única parte que no me encaja.

—Señor inspector, esta noche iré con mi hermano a la entrega del dinero. Les suplico que no nos sigan ni aparezcan, si se dan cuenta de que es una trampa no volveremos a ver a mi hija —dijo Mary con un nudo en la garganta.

—Señora Roberts, nosotros tenemos que hacer nuestro trabajo, atrapar delincuentes y proteger vidas. No puedo asegurarle nada —contestó Kerim.

Mary sabía lo que significaba aquella respuesta. Esperaba que los secuestradores supieran dar esquinazo a la policía. La vida de su hija estaba en juego.

—No la importunamos más. Imagino que debe descansar —dijo el inspector.

Salieron del comedor y se dirigieron a la salida, la agente se quedó hasta que llegó el resto de la familia.

—Me temo que la policía intentará actuar. Yo ya les he contado nuestro plan. Entre los billetes hay uno con un microchip con localizador. Podremos seguir el dinero sin levantar sospechas. Imagino que los secuestradores intentaran dar esquinazo a la policía. Yo intentaré despistarlos también. Seguiremos el rastro del dinero y mandaremos a un grupo de las fuerzas especiales que ha enviado el Pentágono. No deben contarle esto a nadie, es altamente confidencial, de ello depende la vida de Michelle.

—Ya es hora de que atrapen a ese hijo de puta —dijo Hillary muy seria.

—No ha sido él, mamá, te lo aseguro —declaró Mary.

—Tu marido es capaz de cualquier cosa por un poco de dinero —contestó, tajante, la senadora.

—Mamá, ya está bien —dijo Scott mientras abrazaba a su hermana.

—Esta noche a las diez un coche los llevará hasta el sitio indicado. La ciudad de la entrega está algo retirada y no queremos que lleguen tarde —comentó Anna.

—Gracias por todo —dijo Scott.

—Es nuestro trabajo.

Acompañó a la agente hasta la puerta y antes de cerrar le dijo:

—¿Creé qué todo saldrá bien?

—En un noventa y cinco por ciento de los casos todo sale bien, pero no lo puedo asegurar. Yo haré cuanto esté en mi mano. Este sistema de localización es muy avanzado, indetectable, daremos con ellos; el problema es si la niña se encontrará en la misma casa y si lograremos que nos digan dónde la tienen retenida.

—Bueno, crucemos los dedos —comentó Scott con una sonrisa forzada.

—Gracias por todo.

—Una mujer como usted, inteligente y atractiva, no necesita mi ayuda. Seguro que su marido o novio se siente muy orgulloso de su trabajo. Es un hombre afortunado.

—No hay ningún marido, tampoco un novio. Mi trabajo es demasiado complejo.

—En general la vida es compleja, pero la entiendo, yo también estoy solo —apuntó con una sonrisa.

—Adiós, lamento haberle conocido en estas circunstancias.

—Tal vez el destino nos dé la oportunidad de conocernos en otras mejores. Descanse.

Anna salió al jardín y fue directamente hacia su coche. Le había costado mucho que los Smith aceptaran su plan, pero lo había conseguido. Ahora únicamente quedaba esperar. De una forma u otra el desenlace de todo aquello parecía inminente. Al contrario de lo que le había sucedido en otras ocasiones, no le importaban los méritos de su descubrimiento, ni el reto personal que suponía. Era la primera vez que se sentía tan implicada en un caso, algo que podía terminar interfiriendo en su misión. A mayor implicación, más posibilidades de error. Se subió al coche, pero se quedó unos minutos sentada con la música puesta y el motor en marcha. Ya ni se acordaba de sus vacaciones interrumpidas. Tenía miedo de regresar a su antigua vida, porque después de cada caso su sensación de vacío era mayor. Conocer a Scott había removido sentimientos que creía totalmente anulados; sabía que era una relación imposible, pero qué agradable era al menos abrigar alguna esperanza. Una vida sin deseos no merecía ser vivida.

CAPÍTULO 42

No era sencillo vigilar sin ser vigilado. Al menos eso era lo que más preocupaba a Anna. No la habían autorizado a acompañar al grupo de fuerzas especiales que intervendrían junto a Kerim y Emine. El vehículo de la familia Roberts salió puntual de la urbanización en dirección a la ciudad costera de Belek. Scott y su hermana debían dejar el dinero en una barca que había en el agua y soltar el cabo para que se fuera a alta mar.

La policía se había preparado para que buzos y dos lanchas guardacostas siguieran a los supuestos secuestradores. También podían seguirlos por tierra en caso de que fuera necesario.

Scott y Mary iban agarrados de las manos. Él intentó calentárselas, su hermana estaba helada debido a los nervios.

—No irán. Están rodeados de policías por todas partes —dijo Mary, angustiada.

—Creo que los secuestradores nos desviarán a otra parte, son profesionales. Además, por lo que he visto ese pueblo está rodeado de complejos turísticos, en cuanto nos hagan dar dos o tres vueltas lograremos deshacernos de ellos —contestó su hermano para tranquilizarla.

Permanecieron en silencio la mayoría del trayecto. Cuando llegaron al pueblo Scott recibió una llamada en su número privado, el que únicamente utilizaba para asuntos de su trabajo.

—Señor Smith, ya saben que tienen a toda la policía turca detrás. Quiero que entren en el centro comercial Deepo Outlet Center, cerca del aeropuerto. Allí entrarán en el aparcamiento y se dirigirá a los baños, donde encontrarán otro teléfono. Salgan por la puerta de atrás y tomen un taxi hasta la Torre del Reloj en Antalya, cuando lleguen allí recibirán nuevas instrucciones.

—Chófer —dijo Scott al conductor—, mi hermana se encuentra mal. Por favor, necesitamos ir al centro comercial de Deepo Outlet Center, junto al aeropuerto.

El conductor hizo un gesto afirmativo y salió de la autopista.

Los coches de policía los siguieron discretamente hasta el centro comercial. Al escuchar por la radio que los objetivos se desviaban, Kerim llamó para pedir más información.

—Nos dirigimos al centro comercial, la señora Roberts necesita algo de la farmacia —comentó el oficial encargado de los cuerpos especiales.

—No pierdan de vista al coche ni a los ocupantes —dijo el inspector.

Kerim ya se encontraba en Belek, pero cada vez estaba más convencido de que aquello era un trampa.

—Nos vamos —dijo a Emine.

—¿Qué? —preguntó ella.

—Nos vamos, la entrega no va a producirse aquí. Han parado en el centro comercial cercano al aeropuerto. Apuesto lo que quieras a que nos dan esquinazo y se dirigen de nuevo a la ciudad.

Tras ordenar que continuara el operativo, el inspector corrió hasta el coche para dirigirse al centro comercial. Estaba a unos treinta kilómetros, si se daban prisa llegarían en veinte minutos.

CAPÍTULO 43

Mary y Scott entraron en el centro comercial abarrotado de gente y se encaminaron al baño. No les habían especificado si encontrarían las nuevas instrucciones en el de hombres o el de mujeres, pero al ver que en este último había un cartel que decía «No funciona», dedujeron que sería allí. Miraron en los cubículos y en uno encontraron dos chaquetas, unas gorras, un teléfono y un papel con las indicaciones para ir a la Torre del Reloj.

Salieron de los baños con las chaquetas y las gorras, se dirigieron a la salida de emergencia, cuyas alarmas habían sido desactivadas, y llegaron hasta la parada de taxis. Parecía que nadie los había seguido. Pidieron al taxi que los llevara con la mayor celeridad posible a la Torre del Reloj. El conductor era un hombre mayor, vestido a la forma musulmana, que no parecía muy interesado en apresurarse.

Los policías que seguían a los dos hermanos cruzaron el pasillo al ver que no salían de los baños, miraron en todos los cubículos y después se fueron a la parte trasera del centro comercial. No hallaron ni rastro de ellos.

—Señor, hemos perdido a los objetivos.

—Está bien, intenten localizar algún coche sospechoso —ordenó Kerim.

Las cosas estaban sucediendo como habían previsto. Anna, la agente del FBI, había convencido a la familia para colocar un sensor en el dinero, asegurándoles que la policía turca no sabía nada. En el fondo era cierto, los únicos informados eran Kerim y su compañera. No se fiaban del resto de la policía, que además de torpes eran corruptos; ¿quién podía asegurarle que no estaban involucrados en parte o que una intervención a gran escala era lo mejor para un caso tan complicado?

El inspector conectó el receptor y observó el coche en el que Mary y su hermano se alejaban.

—Creo que se dirigen al centro. A esta hora el tráfico es infernal, será mejor que intentemos ganar tiempo por el norte —dijo Emine.

—Buena idea.

Kerim pisó el acelerador, pasó el aeropuerto y continuó hacia el norte. Cuando llevaba unos quince minutos se encontraba justo en los límites del barrio viejo. Esperaron a que el microchip les informara de una posición estable, pero el vehículo que llevaba a los dos hermanos avanzaba lentamente por el centro de la ciudad.

Emine comenzó a analizar los lugares cercanos a los que podían dirigirse los hermanos.

—Los objetivos pueden ser la Puerta de Adriano, la Torre del Reloj o la mezquita de Tekeli Mehmet Pasa —dijo la mujer.

—Los tres lugares están muy próximos. Aparcaremos en la Puerta de Adriano y esperaremos a que lleguen. Después es mejor continuar a pie —comentó el inspector.

El taxi atravesó la ciudad y se dirigió hacia la Puerta de Adriano, pero al final la sobrepasó y siguió un poco más al norte antes de tomar rumbo al oeste.

—Creo que van directamente a la Torre del Reloj —dijo Emine mientras observaba la pantalla de su teléfono móvil.

Los dos policías corrieron por las calles y plazas. La torre se encontraba en un lugar abierto y difícil de vigilar, por eso los secuestradores lo habían elegido.

Mientras corrían, el teléfono de Emine recibió un mensaje de Anna: «El objetivo es la Torre del Reloj. Se dirigen hacia allí».

Su plan no era intervenir, preferían que los secuestradores se llevaran el dinero y seguirlos con el microchip, pero temían por la vida de Mary y su hermano. Si intentaban algo contra ellos, no les quedaría más remedio que responder al fuego.

Mary y su hermano se aproximaron a la torre tras abandonar el taxi. En ese momento sonó el teléfono que habían encontrado en los baños.

—Dejen la bolsa con el dinero en la torre. Está abierta, en la parte de las almenas encontrarán una puerta de hierro oxidada. Ábranla, depositen las bolsa y márchense. Si cumplen todas nuestras indicaciones, antes de doce horas la niña aparecerá en un lugar seguro.

Los dos hermanos se dirigieron a la torre. Un cartel indicaba que a esa hora estaba cerrada a los visitantes, pero giraron el pomo y la vieja puerta de madera se abrió sin dificultad. Entraron en la oscuridad, encendieron la luz y subieron las escaleras hasta las almenas. Cuando llegaron a la parte más alta se encontraban exhaustos, en especial Mary, que a pesar de la medicación sentía los músculos agarrotados.

Vieron el hueco en un lugar discreto y dejaron el dinero, después se quedaron unos segundos observando la ciudad iluminada. Al fondo se divisaba la profunda oscuridad del mar.

—¿Crees que con esto será suficiente? —preguntó Mary a su hermano.

—Espero que sí.

Bajaron de nuevo por las empinadas escaleras de la torre hasta llegar a la entrada principal y salieron de nuevo al bullicio de la calle. Los turistas caminaban de un lado al otro despreocupados, mientras los hermanos tenían la sensación de que no habían conseguido gran cosa. Pero ya la suerte estaba echada.

Se dirigieron a la parada de taxi, tomaron el primero de la fila y pidieron al conductor que los llevara de nuevo a la urbanización.

Mientras Kerim y su ayudante observaban la escena desde una discreta distancia, Anna les envió un nuevo mensaje pidiéndoles que abandonaran la zona para no poner en peligro la misión. En cuanto el dinero comenzara a moverse les avisaría, para que apoyaran al grupo de fuerzas especiales del ejército norteamericano. La misión estaba autorizada por el gobierno de Ankara, el viejo aliado había cedido ante la presión de los norteamericanos.

Kerim y su ayudante se dirigieron a casa, no servía de nada esperar a la intemperie, esa noche sería muy corta y posiblemente no dormirían, pero ya no podían hacer nada hasta que el dinero se moviera. La brigada del turno de noche les advertiría de cualquier tipo de novedad o cambio.

El inspector paró frente a la casa Emine.

—¿Quieres quedarte? Pensé que esta noche tendríamos trabajo y mis hijos están en casa de una amiga.

El hombre dudó unos segundos. Quería estar completamente seguro antes de tomar una decisión así, porque si la relación salía mal continuarían siendo compañeros.

—Está bien, vamos —dijo el hombre parando el motor del coche.

Subieron a la casa discretamente, no querían ser el centro de las críticas de las vecinas; Turquía continuaba siendo un país muy conservador. Tras cerrar la puerta Emine dio un largo beso a Kerim.

—¿Quieres cenar algo? —preguntó sin dejar de abrazarlo.

—No —dijo mientras la llevaba en brazos hasta la cama.

Los dos habían fantaseado con ese momento. Se sentían tan emocionados que no podían esperar más. El hombre la dejó sobre el lecho, se quitó la chaqueta y la corbata y se tumbó junto a ella. Hacía mucho tiempo que ninguno de los dos hacía el amor, pero no tardaron en compenetrarse, como dos ciegos que después de mucho tiempo han recuperado el don de la vista.

CAPÍTULO 44

Mary sintió una pequeña vibración debajo de la almohada y tomó el teléfono de inmediato. Era el que le habían dado los secuestradores. No había querido deshacerse de él hasta que recibiera noticias de su hija. Miró el mensaje de texto y contuvo el aliento.

«Queremos que venga aquí en persona, no llame ni avise a nadie. Le daremos a su hija si sigue las instrucciones. La dirección es muy próxima, está dentro de su urbanización. Para evitar que los vigilantes de la puerta la sigan, debe bajar al sótano, abrir la trampilla del respiradero e introducirse por ella. Después de unos cien metros, suba por la escalera hasta la superficie. Tiene diez minutos para llegar».

La mujer no se lo pensó dos veces. Se puso el primer calzado que encontró y bajó con sigilo hasta el sótano, abrió la puerta y dio la luz. Miró por todas partes hasta encontrar un especie de respiradero, lo abrió dejando la tapa con cuidado en el suelo y se dirigió por el estrecho túnel a donde le habían indicado.

El escueto pantalón corto y las chanclas que llevaba apenas la protegían, de forma que se hizo numerosos cortes antes de llegar a su destino. Sentía frío en las extremidades y avanzaba con dificultad, pero la esperanza de volver a abrazar a su hija la impulsaba a seguir adelante. Las lágrimas se mezclaban con los jadeos por el esfuerzo, no temía por su vida, lo único que le importaba era recuperar a Michelle.

Llegó al lugar indicado y comenzó a ascender. Le pesaba el cuerpo, pero no tardó más de dos minutos en llegar a la superficie y empujar una gran tapa de plástico. Estaba en un pequeño parque de la urbanización. Logró ponerse en pie y miró la numeración de la calle. Aquella zona no estaba del todo terminada, los edificios aún recibían los últimos retoques y no se encontraban habitados. Al final localizó el número de la casa y se dirigió hacia la puerta, que encontró abierta.

Esa parte del complejo estaba poco iluminada, por lo que tuvo que pasar a tientas hasta el salón. La pequeña villa daba a un profundo acantilado. Caminó hasta el jardín, donde había una pequeña piscina, pero no halló ni rastro de los secuestradores.

—Mary —oyó en tono bajo.

La mujer se volvió y vio el rostro de su marido. No esperaba verlo allí, por lo que sintió una mezcla de preocupación y alivio.

—Ven, acércate—dijo su esposo desde detrás de un seto.

—¿Eres tú el que me ha escrito? —preguntó nerviosa.

—Sí, he sido yo.

—¿Eres tú quien pidió el rescate de Michelle?

—El segundo sí, quería destapar a los que han secuestrado a nuestra hija, creo que sé quién lo ha hecho —contestó el hombre sin salir de la oscuridad.

—Has sido tú, maldita sea. Todo este tiempo has sido tú —dijo Mary, indignada. Por un momento había creído en su inocencia, pero ahora admitía que había mentido y pedido el rescate.

—No, te prometo que no he sido yo.

—¿Dónde está Michelle? —preguntó ella, alzando la voz.

—No lo sé, te lo juro.

—¿Crees que voy a confiar en tu palabra?

—No te queda más remedio.

Se oyeron pasos y los dos se quedaron paralizados sin saber qué hacer. Una figura entró en el salón de la casa.

—¿Quién te ayuda? Seguro que es ese matón alemán o tu amante —comentó la mujer.

—Te juro que no, soy inocente.

La figura salió al jardín. Llevaba una pistola en la mano y cojeaba.

—Mary, ¿te encuentras bien? —preguntó Pierre, emergiendo de la oscuridad.

En una mano llevaba una pistola y en la otra su bastón.

—¿Qué haces aquí? —preguntó la mujer.

—Escuché algo en el parque, estaba paseando a mi perro —dijo el francés mientras un pequeño fox terrier aparecía entre sus piernas.

—¿Desde cuándo paseas a tu perro con una pistola? —inquirió Mary.

—Desde que secuestraron a tu hija y desaparecisteis —respondió el anciano sin dejar de apuntar.

—Estás mintiendo. ¿Cómo nos has seguido hasta aquí? —preguntó Charles, saliendo de la oscuridad y acercándose a su esposa.

—No des un paso más, te advierto que la pistola está cargada y eres un fugitivo peligroso.

—No dispares —rogó Mary.

—¿No ves lo que sucede? Este hombre te está engañando. Yo he comprobado sus cuentas, está arruinado y debe mucho dinero. Su urbanización ha fracasado y la única forma de salir del agujero era secuestrar a su propia hija. ¿Realmente le crees? Vayamos a la calle, mi casa está al otro lado, llamaremos a la policía y, si es inocente, podrá demostrarlo —comentó el anciano.

—Es una trampa —aseguró Charles.

—¿Por qué iba a ser una trampa? Hace unas horas la salvé de esa jovencita, no tengo ninguna razón para hacerle daño. Mary, tu marido quería que hiciéramos negocios, fue él quien vino a mí. Mis gestores descubrieron sus engaños y por eso no quise invertir en este proyecto —dijo el anciano.

Mary no sabía a quién creer. Por un lado le costaba pensar que su marido fuera capaz de un acto tan vil, pero por otro lo que comentaba Pierre encajaba a la perfección. Además, Charles había reconocido que había pedido el dinero. El mismo que había escondido en la primera ocasión.

—Será mejor que nos marchemos con él, la policía aclarará todo lo sucedido.

Charles levantó las manos y avanzó hasta el francés.

—No intentes nada, te lo advierto.

Les obligó a pasar primero y los siguió sin dejar de apuntar. Lo único que veía el anciano era el perfil de los dos cortando la tímida luz que entraba de la calle.

Salieron a la urbanización, cruzaron la calzada y recorrieron algunos metros antes de llegar a la casa de Pierre. La puerta estaba abierta. Entraron en el salón y el hombre les pidió que se sentasen.

—No va a llamar a la policía —dijo Charles.

—¿Por qué estás tan seguro de eso? Naturalmente que voy a llamarles.

El hombre se acercó al teléfono y comenzó a marcar, pero antes de que pulsara el último número Charles se abalanzó sobre él. Los dos forcejearon y el anciano se cayó al suelo aún con el arma en la mano. Charles tomó una figura de hierro que había en una estantería y le golpeó en la cabeza varias veces hasta perforarle el cráneo. La sangre manó por el rostro de Pierre, sus manos temblaron con espasmos y después se quedó completamente inmóvil. Charles se puso en pie cubierto de sangre y se volvió hacia su esposa, que lo miraba aterrorizada. Él soltó la estatuilla y tomó el arma del muerto antes de acercarse a ella.

CAPÍTULO 45

Kerim se despertó sobresaltado. No sabía cuándo se había quedado dormido, pero tuvo un mal presentimiento. Tomó el teléfono de la mesilla y mandó un mensaje a la agente del FBI.

«¿Se ha movido el paquete?».

Unos segundos más tarde recibió la respuesta:

«No, todo tranquilo».

Aquello confirmó aún más sus sospechas. La segunda nota era muy parecida a la primera, pero había algo que no encajaba. Miró las fotos de las dos notas que guardaba en el teléfono. Eran prácticamente iguales, menos por un minúsculo detalle, en la segunda las letras redondas parecían un poco aplastadas, como si no se tratara de la misma impresora. La segunda nota había sido impresa en una antigua impresora matricial, no láser o de chorro de tinta.

—¿Qué pasa? —preguntó Emine al ver que el hombre no dejaba de moverse a su lado.

—Las notas no son iguales. Los secuestradores no enviaron la segunda nota —comentó Kerim.

—Eso es absurdo.

—Creo que esa nota la escribió otra persona.

—¿Quién iba a hacer algo así? —preguntó la mujer.

—Charles, seguramente para recuperar el dinero del secuestro, es el único que sabía lo del dinero.

—Pero nadie ha tocado el dinero —comentó Emine.

—Debió sospechar que estaba controlado. ¿Qué harías tú si fueras él y supieras que el dinero está controlado? —preguntó el hombre sentándose en la cama y comenzando a vestirse.

—¿Dónde vas a estas horas?

—No has respondido a mi pregunta —insistió Kerim mientras se ponías los zapatos.

—Intentaría sacar la información a Mary.

Los dos policías terminaron de vestirse y corrieron escaleras abajo. Se dirigieron directamente al coche y salieron lo más rápido que pudieron hacia la urbanización. A esas horas de la noche las calles se encontraban completamente desiertas. No tardarían mucho en llegar.

—Le he mandado un mensaje a Anna, por si ella llega antes que nosotros. ¿Quieres que pidamos refuerzos? ¿Qué advirtamos a los guardas de la villa?

—No, cuanto menos ruido hagamos mejor.

En menos de veinte minutos estaban a las puertas de la urbanización, le enseñaron la identificación a los guardas y entraron a pie, para no levantar sospechas; en cuanto atravesaron las puertas del complejo sacaron sus armas.

No había rastro de Anna.

—¿Dónde pueden estar? —preguntó la mujer.

—Vamos al centro de control, tenemos que visionar las imágenes de las últimas horas —comentó Kerim. Aquello podía llevarles unos minutos, pero no podían entrar en cada una de las casas de la urbanización a plena noche.

CAPÍTULO 46

A media noche sintió la necesidad de ir al baño y al pasar frente a la habitación de Mary se dio cuenta de que la cama estaba vacía. Antes de alarmarse miró en la planta baja, no quería que sus padres se asustaran. Estaba vacía, al igual que el jardín y la playa. Por último se dirigió al sótano y vio la trampilla abierta. Scott pensó que lo único que podía haber obligado a Mary a irse en plena noche era una llamada de los secuestradores. Decidió seguir por el túnel y después de arrastrarse unos metros observó una trampilla. Subió por una escalera y apareció en medio de un pequeño parque. En una lado había unas casas a medio terminar y al otro una zona habitada con más luz. Titubeó por unos segundos, pero cuando se dirigía al sector en obras captó unas voces.

Atravesó la calle, pero ya no se oía nada. Miró a un lado y al otro. ¿Dónde podía estar Mary? Decidió telefonear a Anna, la agente le había dicho que la llamara a cualquier hora del día o de la noche si surgía una emergencia.

—Anna, soy Scott, Mary ha desaparecido. Al parecer ha salido por un túnel que da a la zona este de la urbanización. Debe de haber recibido un mensaje de los secuestradores, pero no la veo por ninguna parte —dijo el hombre sin dejar de frotarse el pelo, como si intentara despertarse de un mal sueño.

—Estoy en camino. Espérame en la calle —contestó la agente, que tras la llamada de Kerim ya había salido diez minutos antes de su hotel.

La agente dejó el teléfono en el asiento del acompañante y pisó a fondo el acelerador. Tenía la sensación de que durante todo el tiempo alguien había estado jugando con ellos. No había terroristas, tampoco parecía que a los secuestradores les interesase el dinero del rescate, o tal vez se habían percatado de que era una trampa.

Cuando divisó la urbanización vio a los policías turcos aparcando y corrió tras ellos. Si era necesario despertarían a todo el complejo, esta vez el secuestrador no iba a salirse con la suya, se dijo mientras casi sin aliento atravesaba el control de seguridad y llegaba a alcanzar a Kerim y su ayudante.

—Me ha llamado Scott. Tenía razón, algo ha salido mal, Mary se ha escapado de la casa por un túnel oculto, posiblemente el mismo que utilizaron para llevarse a la niña. Creo que los secuestradores están en la urbanización y tienen retenida también a la madre.

Kerim la miró y comenzó a caminar de nuevo. No había tiempo que perder. La vida de la niña también se podía encontrar en peligro.

CAPÍTULO 47

Mary miró aterrorizada a su marido. El hombre se aproximó hasta ella y levantó la pistola, pero en ese momento alguien apareció por el pasillo. Charles se volvió y vio a Alissa. La mujer salió al salón y al ver al anciano tendido corrió hacia él.

—¡Pierre! ¡Dios mío! ¿Qué te han hecho?

Charles apuntó a la mujer.

—No te acerques —dijo mientras la amenazaba con el arma.

—¡Maldito asesino! —gritó Alissa, histérica.

—¡He dicho que no te muevas!

Alissa se paró delante del cuerpo de Pierre. La sangre manchaba todo el suelo de madera y se extendía hasta los pies de Mary.

—¿Has secuestrado a tu propia hija? —preguntó su mujer, incrédula.

—No, por Dios, claro que no lo he hecho —contestó él.

Charles se volvió un poco para poder hablar con su mujer y Alissa aprovechó para sacar algo de la espalda, parecía una pistola pequeña.

—Tira el arma —dijo la joven a Charles.

El hombre titubeó, pero terminó por arrojar el arma al suelo.

—Sentaos en el sillón —ordenó la francesa.

La pareja se sentó en el salón. Alissa se acercó al cuerpo y comprobó las constantes vitales, pero Pierre ya estaba muerto.

—¿Cómo has podido hacerlo? Maldito hijo de puta. Te compinchaste con ese alemán y la danesa para quedarte el dinero de tu familia, pero ahora eres también un asesino.

—Solo me estaba defendiendo —dijo Charles.

Alissa se retiró un par de metros y, sin dejar de apuntarlos, indicó a la mujer que recogiera la otra arma. Mary la obedeció.

—Haz lo que quieras con él —dijo Alissa bajando la pistola.

Mary encañonó a su marido.

—¿Dónde está Michelle?

—No lo sé, yo no la retengo. Eso es lo que llevo intentando explicarte todo el rato.

—Claro que eres tú quien la secuestró. Debiste de hacerlo con la ayuda de Judith y Roger, mientras cenábamos en el restaurante, ¿verdad? —preguntó Mary.

—No, nunca haría daño a uno de nuestros hijos —contestó Charles con el rostro desencajado. Se sentía agotado, ya no podía seguir huyendo, pero era mucho más duro enfrentarse a la realidad.

—Dime dónde está encerrada. Después podrás marcharte, te diré dónde está el otro dinero, pero no le hagas daño a Michelle.

El hombre comenzó a llorar. Se puso las manos sobre los ojos y apoyó los codos en las piernas.

—Si no me lo dices te juro que dispararé.

Charles se levantó de un salto, tiró al suelo a su mujer y le arrebató el arma, pero antes de que pudiera empuñarla sonó un disparo.

El hombre cayó herido a los pies de Mary, su gesto de dolor era inconfundible, pero todavía respiraba.

—No lo mates —suplicó a Alissa—. Charles sabe dónde está mi hija.

CAPÍTULO 48

Oyeron claramente el disparo, pero no sabían localizar el sitio exacto; los edificios causaban una reverberación que hacía imposible saber dónde se había producido.

—Tenemos que ir a todas y cada una de las casas —dijo Kerim.

—Para mayor seguridad vayamos en parejas —añadió Anna.

Kerim y su ayudante corrieron hasta la primera casa, mientras que Anna y Scott se dirigieron al final de la calle. Afortunadamente no eran demasiadas.

El inspector llamó a la primera puerta, pero nadie les abrió; lo intentó con la segunda y le ocurrió lo mismo. No se habían dado cuenta de que la mayor parte de los residentes habían dejado las villas tras el secuestro de la niña.

—Mierda, no podremos encontrar a Mary si no es derribando cada puerta —dijo Kerim.

—Vamos a ver las cámaras, será más rápido —sugirió Emine, recordando el plan originario a su jefe.

Cuando Anna y Scott les vieron correr hasta el edificio de seguridad los siguieron. Entraron en la casa y pidieron al vigilante que les enseñara las últimas horas de grabación de la calle. Tras varios minutos pasando la película observaron a un hombre que caminaba con un perro, unos minutos más tarde el mismo hombre apareció con una pistola apuntando a Mary y Charles. Luego los tres caminaron a una de las casas y cerraron la puerta.

—Amplíe la imagen —ordenó Kerim.

En la pantalla se vio claramente a Pierre, con un bastón en una mano y una pistola en la otra.

—Están en la casa del francés —dijo Emine.

—¿Tienen algún tipo de llave maestra? —preguntó el inspector.

—De esa villa no, únicamente de las que no están ocupadas.

—Maldita sea, tendremos que echar la puerta abajo —dijo Kerim.

Los cuatro corrieron de nuevo hacia la casa. Kerim se paró frente a la puerta. Era acorazada, no hubiera podido derribarla ni con un ariete.

—Anna, tú intenta saltar por ese lado la valla del jardín. Emine, escala por la fachada para ver si puedes llegar a esa habitación. Usted quédese aquí, señor Smith —dijo Kerim mientras intentaba llegar a la casa desde la de al lado. Ambas estaban comunicadas por la subida a la playa privada de ese lado de la urbanización.

Apenas les quedaba tiempo: si Mary se encontraba en la casa con Charles, estaba en un grave peligro.

CAPÍTULO 49

Alissa miró sonriente a Mary. Después pegó una patada a Charles para comprobar que no podía moverse. En ese momento Mary recordó la cara del cuadro que había visto en la habitación de arriba. El parecido con la joven era realmente asombroso.

—Tú no eres la mujer de Pierre Zimler, ¿verdad? —preguntó, como si comenzara a entender lo sucedido.

—No, Pierre era mi padre.

Mary la miró sorprendida. ¿Por qué se habían hecho pasar por matrimonio? ¿Qué tenían que ver con ellos?

—¿Tu padre?

—Sí, yo soy su hija Alissa. Ahora que tu marido se desangra en el suelo y tu hija está encerrada y nadie podrá sacarla del lugar donde la metí, será mejor que sepas la verdad.

Mary tenía los ojos desorbitados. Aquella pareja era la causante de tanto dolor. Se sentía confusa, no entendía ese odio hacia su familia. Nunca había sospechado de ellos, ¿por qué querían destruirlos de esa manera? La mujer intentó despejar la mente, necesitaba entender, pero sobre todo debía reaccionar o Charles moriría desangrado ante sus ojos. No podía perderle también a él.

—La vida está llena de ironías, ¿no crees? Tú nos conoces, aunque no te acuerdas. Formamos de esa parte de tu vida, de esa parte de la que a veces te avergüenzas. Cuando no eras la madre y esposa perfecta. Aún ejercías tu profesión de cirujana en Londres, mi madre estaba embarazada de mí. Vivían desde hacía un par de años en Inglaterra, mi padre trabajaba para la National Gallery de restaurador. Al parecer mi madre no dilataba lo suficiente y le programaron el parto por cesárea para un lunes por la mañana, pero al final comenzó su parto natural, mi padre la llevó unas horas antes y dio a luz. Todo parecía ir bien hasta que me sacaron y la llevaron a la habitación. Comenzó a sentirse mal, te llamaron para que la examinaras, mi padre te vio. Se dio cuenta de que estabas medio drogada, te pidió que la examinaras bien, pero le contestaste que los dolores eran por la colocación del útero y que no tenía la más mínima importancia. Dos horas más tarde la ginecóloga comprobó que tenía la placenta retenida. Al parecer estos casos se dan en uno de cada cien partos vaginales y puede deberse a lóbulos placentarios aberrantes o fragmentos placentarios retenidos en la matriz. Como estabas medio drogada y leíste que el parto estaba programado por cesárea, no pensaste en esa posibilidad. La llevaron urgentemente para operarla, tú eras la cirujana de guardia y tardaste tres horas en dar con el problema. Murió en el quirófano.

—Recuerdo a tu madre, pero todo eso que dices es mentira. No soy ninguna asesina. Puede que en aquella época no tuviera una vida ordenada y que cometiera un error, pero eso fue hace mucho tiempo. Era muy joven.

—Eso no me importa, a veces tenemos que pagar los pecados de juventud. Tú los vas a pagar todos juntos.

—El hospital hizo un informe oficial exculpándome de todo —adujo Mary, comenzando a recordar.

—El dinero es capaz de comprarlo todo, pero ahora no te servirá de nada.

—Soy inocente, fue un error —insistió Mary, que comenzaba a desesperarse. Advirtió que Charles parecía más adormilado y sabía que si perdía más sangre no podría hacer nada por él.

—¿Sabes cómo se enteró mi padre? Al morir mi madre en el quirófano el hospital hizo una autopsia y un informe interno, pero lo mantuvo en secreto para no crearse problemas. Hace dos años apareciste en la televisión con tu marido y mi padre te reconoció. Ya vivíamos en Francia, pero eras famosa y él no había olvidado tu cara. Fue al archivo del hospital y como ya no podía presentar acciones legales, pudo acceder al verdadero informe. Al principio pensó en hacerlo público, para que sufrieras el desprestigio y la condena social, pero la gente como tú siempre sale airosa de esas cosas. Por eso ideó este plan.

—Estáis locos, mi hija es inocente, no tiene culpa de nada. No es más que una niña.

—Yo también era una niña que se quedó sin madre. ¡Cállate, maldita zorra!

Mary sintió que le faltaba el aire y se le nublaba la vista, tenía que controlarse e intentar recuperar la calma.

—Mi padre trazó un plan para terminar contigo y tu arrogante familia. Lo primero que hizo fue pagar a tus cuidadoras para que pusieran una verdadera bomba farmacológica en tus bebidas. Parkinsonismo inducido por fármacos. Durante dos años te han ido dando esos medicamentos, una mezcla de antidepresivos en grandes cantidades, sedantes, hormona tiroidea y anticonceptivos. Este párkinson inducido es muy difícil de detectar. Una de las pocas diferencias es que el inducido es simétrico, mientras que la enfermedad es asimétrica. Vimos cómo te ibas deteriorando, pero era demasiado lento y nos parecía que no sufrías lo suficiente, por eso provocamos el accidente de Charly —dijo Alissa mientras disfrutaba observando la cara de horror de la mujer.

—Estáis locos, fue un error de juventud, yo no pretendía hacer daño a tu madre. Será mejor que me permitas llevarme a Charles. Escapa, pero devuélveme a mi hija y deja que salve a mi marido.

—Eras una drogadicta asesina, seguro que muchos más murieron por tu culpa. Deberías sufrir hasta la muerte. El niño chocó con el cable que pusimos en la nieve; queríamos que se diera un buen golpe, pero se mató. Mala suerte.

—Asesinos, ¿cómo pudisteis matar a un niño inocente? Eso os convierte en algo mucho peor de lo que yo fui. Era una drogadicta egoísta y negligente, pero vosotros sois dos psicópatas asesinos —dijo la mujer, poniéndose a llorar. Le faltaba el aire y parecía que iba a derrumbarse en cualquier momento.

Alissa continuó hablando, su expresión mostraba un gran placer. Se había imaginado ese momento de muchas formas, pero poder vivirlo merecía la pena. Su padre podía sentirse orgulloso de ella, por fin habían logrado cobrar su deuda y hacer justicia.

—Pero nuestro plan maestro era el secuestro de Michelle. El secuestro terminaba de un plumazo con la esperanza que tenía tu marido de no arruinarse y con la poca cordura que te quedaba. Judith nos ayudó, ella seguía dándote los fármacos y además se acostaba con tu marido. El jefe de seguridad nos facilitaba las imágenes del interior de vuestra residencia y nos ayudó a despistar a la policía. Ahora ya nada importa, mi padre ha muerto. Sería muy fácil matarte, pero creo que es mejor que te encierren en un psiquiátrico por psicópata asesina. Mataste a mi padre, después a tu propio marido y por último a mí. Lo has dejado todo en una nota que verá la policía en el lugar donde dejaste el dinero, en la Torre del Reloj. Tu hija nunca aparecerá, se quedará para siempre en el lugar donde la hemos encerrado.

—Por favor, mátame, pero libera a la niña. Ella es inocente, no os ha hecho nada —suplicó la mujer poniéndose de rodillas y dirigiéndose a ella.

—Lleva tu sangre y eso ya es suficiente para que muera. Ahora me pegaré un tiro, verás agonizar a tu marido y después la policía te encerrará para siempre. Hay huellas tuyas por todas partes.

—No lo hagas, por favor.

—¿Ahora suplicas? Seguro que ni siquiera sentiste la muerte de mi madre, ni siquiera te dignaste a recibir a mi padre para explicarle lo sucedido. Estabas tan drogada que apenas podías sentir nada. Ahora sentirás la rabia, la impotencia y el odio que nosotros hemos sentido todos estos años.

Alissa apuntó el arma directamente en su boca. Estaba a punto de disparar cuando la cristalera que daba al jardín estalló por los aires. Kerim entró y disparó a la mano de la mujer, el arma retumbó en el suelo de madera y Alissa se aferró la muñeca, de la que comenzó a manar mucha sangre.

—¡No se mueva! —ordenó el inspector.

—No dispare, sabe dónde está la niña —dijo Mary.

—Es una loca, ha matado a mi esposo y al suyo. Acaba de confesarme que hizo todo esto por venganza. No quiere que encuentren a la niña —dijo Alissa entre lágrimas.

—No se mueva —repitió Kerim.

—Me obligó, me dijo que si no lo hacía diría a todo el mundo que yo sabía dónde estaba la niña y me acusaría de secuestro y asesinato. Era su palabra contra la mía, la de una madre abrumada contra la de una completa desconocida con la casa llena de cadáveres —mintió de nuevo Alissa.

—No es cierto, es ella la que miente —contestó Mary.

—¿Lo ve? Se lo dije, intenta acusarme de todo. No la crean, ya he sufrido suficiente —gimoteó Alissa y comenzó a llorar.

Kerim tomó las manos de Mary y se las colocó a la espalda para ponerle las esposas. En ese momento aparecieron Anna y Emine, cada una por un lado.

—¿Qué sucede? —preguntó Anna al ver lo que estaba haciendo el inspector.

—Por lo visto Mary es quien secuestró a Michelle, se lo ha confesado a Alissa. También ha matado a Pierre y a Charles. Será mejor que nos las llevemos a las dos para interrogarlas y hagamos un careo.

Charles comenzó a mover una mano.

—¡Esta vivo! —gritó Mary—. Él les dirá la verdad.

Anna se inclinó hacia el hombre y pegó su oído a la boca de Charles. Después se levantó y dijo:

—Es cierto lo que dice Alissa —comentó la agente del FBI.

Mary la miró sorprendida, no podía creer lo que estaba oyendo.

La joven sonrió. Fue apenas una milésima de segundo, pero bastó para que la agente del FBI corroborara lo que le había dicho el hombre.

—Es ella —dijo, señalándola con el dedo.

Kerim miró a la francesa, que intentó agacharse y recuperar el arma, pero Emine se lanzó sobre ella y le sujetó los brazos.

—¡Maldita zorra! ¿Dónde está la niña?

Alissa sonrió de nuevo, hasta que Emine le apretó la muñeca herida. La joven soltó un alarido de dolor.

—Estás en Turquía y nadie me meterá en la cárcel ni me abrirá un expediente por apretarte las tuercas. Además, te aseguro que una monada como tú lo pasará muy mal en el sistema penitenciario turco.

Alissa le escupió a la cara. Emine sacó su pistola y apuntó a la otra muñeca de la mujer.

—¿Dónde está la niña?

Anna se adelantó un par de pasos y apartó a la policía turca.

—No hablará ni metiéndole una pistola en la boca. Alissa, sabes que la vamos a encontrar. La niña está en la urbanización, Pierre se hizo con los planos del complejo con la promesa de que iba a invertir aquí. ¿Dónde esconderías a una niña pequeña? ¿Por qué escogiste esta casa? Te crees muy lista, pero en realidad eres muy previsible.

—Intenta encontrarla, chicana, espero que tengas suerte. No lo verías aunque lo tuvieras delante de tus narices.

—Bueno, ya te digo que no es complicado. Judith la llevó al sótano dormida y Roger la trasportó al sitio que acordasteis. ¿Dónde no se detectan los microchips? En la zona que está en obras, por eso Pierre citó a Mary allí, ¿verdad?

—No lo hizo él, fue Charles quien la citó allí —dijo Alissa.

Kerim se acercó de nuevo al hombre.

—¿Por qué citaste en esa casa a Mary? —le preguntó.

A Charles le costaba mucho hablar, pero logró levantar la cabeza y pronunciar con voz casi inaudible una breve frase:

—Sabía que Roger me había traicionado, también Judith. Pensé que podían haber ocultado allí a la niña, por eso cité a Mary, pero llegó Pierre.

—No está allí —dijo Alissa.

—Sí está en esa casa —comentó Anna—. En el vídeo vimos lo que parecía una barbacoa. Es donde los obreros preparaban su comida, por eso tenían los utensilios para cocinar.

—¡No está en esa maldita casa! —gritó la joven, histérica. Pretendía confundirlos, pero todos sus intentos de engañar y mentir ya eran completamente inútiles.

Mientras Emine llamaba a una ambulancia, Mary, Anna y Kerim fueron a la casa en obras. Scott se unió a ellos. Buscaron por todos lados, pero no encontraron a la niña.

—No la veo, pero tiene que estar por algún lado —dijo Anna, desesperada.

Mary intentó pensar. Alissa debía de haber dicho o hecho algo para darle información y parecía disfrutar con lo que les estaba haciendo a su familia y a ella.

Kerim entró de nuevo en el salón y lo examinó centímetro a centímetro. No parecía haber nada extraño hasta que intentó entrar en el hueco de escalera. A pesar de estar allí, algo parecía interponerse.

—Miren esto —comentó el hombre.

Todos observaron el hueco de la escalera, pero solo vieron un espacio vacío.

Anna alargó la mano y comenzó a tocar.

—Parece un cristal. He leído algo sobre esto, se llama calcita, son cristales que ocultan objetos tridimensionales. Al parecer cuando la luz incide en su superficie, se descompone en dos rayos de polarización diferente.

Después de tantear unos segundos encontró una pequeña palanca, tiró de ella y se abrió el espacio vacío. Una puertecita dejó al descubierto una pequeña cámara. Tumbada en un colchón raído se encontraba Michelle Roberts, muy pálida, deshidratada y drogada, pero viva.

Mary se agachó y sacó a la niña en sus brazos. Cuando sus pieles se rozaron después de tanto tiempo, aquella carne de su carne y huesos de sus huesos abrió los ojos y la miró. Una mirada que pareció eterna, como el amor de una madre por un hijo.

CAPÍTULO 50

La niña fue llevada a observación en el mismo hospital donde ingresaron a Charles. Mary no se separó de ella ni un instante. Scott le informaba del estado de su marido y Hillary intentaba turnarse con Sam para ayudar a su hija. Por primera vez en mucho tiempo parecían una verdadera familia.

Al día siguiente Michelle despertó y llamó a su madre, que estaba recostada en el sillón al lado de la cama.

—Mamá.

La dulce voz de la niña hizo que Mary comenzara a llorar de emoción. Había creído que nunca más volvería a oírla.

—Cariño estoy aquí —dijo entre sollozos, tomándole la mano—. Nunca más me separaré de ti.

—¿Dónde he estado? Tengo mucha hambre.

Mary sonrió con los ojos llenos de lágrimas, su madre le pasó la mano por el hombro y la abrazó. Las tres mujeres se quedaron un segundo en silencio y su llanto dio paso a las risas.

Kerim y su ayudante llegaron a la habitación mientras Mary daba de comer a su hija. El inspector sonrió, aquella era la parte que más le gustaba de su trabajo.

—Nos alegra que la niña esté bien, y nos han comentado que Charles también se recupera de sus heridas —comentó Emine.

—Muchas gracias por su ayuda, sé que en algunas ocasiones no me he portado bien con ustedes, pero les estamos muy agradecidos —dijo Mary sin dejar de dar de comer a su hija.

—De nada, señora Roberts, es nuestro trabajo. Espero que dentro de poco esto les parezca una simple pesadilla. Alissa pasará el resto de su vida en la cárcel, pueden dormir tranquilos.

Los dos inspectores salieron de la habitación y caminaron por el pasillo de la lujosa clínica hasta la entrada. Emine se volvió hacia su compañero y le dio un beso en la mejilla.

—No sé si eso es muy apropiado estando de servicio —comentó Kerim.

—Cuando te jubiles podremos olvidarnos de esos formalismos —replicó ella sonriendo.

—No te lo había comentado, pero creo que pediré una prórroga. Ahora tengo las dos cosas que más quiero en el mundo, salvar la vida de niños perdidos y a una de las mejores personas que he conocido.

Salieron a la calle y se dirigieron al coche. El sol parecía brillar con especial intensidad esa mañana y la luz invadía hasta el último rincón de aquel hermoso lugar, como si las sombras de los días anteriores por fin se hubieran disipado.

El coche rezongó un poco antes de arrancar. Kerim tomó el camino de la costa y mientras se aproximaban a la ciudad observaron el mar plateado y en momentos turquesa. Estaba en calma, como su corazón, pensó el hombre mientras intentó dejar atrás sus viejos fantasmas y arriesgarse a ser feliz de nuevo.

EPÍLOGO

Aquella no era un playa paradisíaca, el sur de Inglaterra era una modesta imitación del Mediterráneo, pero West Wittering era un buen sustituto si uno no quería volver a pisar ningún lugar parecido a Antalya. Mary era consciente de que la hermosa costa de Anatolia no tenía la culpa de sus desgracias, pero no podía evitar sentir una sensación de pánico al acercarse a la costa mediterránea.

Charles regresó con los refrescos en la mano y Michelle levantó la vista, dejando por un momento su castillo de arena para tomar la naranjada.

Mary le sonrió. Gracias a un tratamiento las sustancias tóxicas habían desaparecido rápidamente de su cuerpo, apenas acusaba ya los efectos del párkinson inducido y su vida regresaba poco a poco a la normalidad. Ahora sentía que la vida tenía un sentido profundo. Su existencia parecía dirigida hacia la felicidad, sin duda antes había tenido que pagar un precio muy alto, pero se sentía redimida, como si su pasado no le hubiera dejado hasta enfrentarse a él.

Charles casi había superado la herida de bala que le había atravesado el abdomen y un pulmón, pero aún notaba cierto dolor al intentar hacer un esfuerzo o caminar deprisa. Ya no le importaba el futuro, sabía que la vida consiste únicamente en un eterno presente que se escapa cada vez que uno mira atrás o intenta ir demasiado hacia delante. Ahora Mary y Michelle eran su único futuro, todo lo demás se desvanecía en humo. Decidieron regresar a casa, pero ya sabían que su verdadero hogar no estaba en Londres, sino en cualquier sitio donde estuvieran juntos.

Michelle no parecía afectada por lo ocurrido y, tras unos días de recuperación, fue la niña alegre y cariñosa de siempre. Mary la llevaba a una psicóloga todas las semanas. Afortunadamente había pasado la mayor parte de su cautiverio adormecida y apenas recordaba algo. Nunca les comentó nada de lo sucedido, como si todo se hubiera tratado de un mal sueño.

Mary tomó su refresco y le dio un buen sorbo. Estaba sedienta, uno de los efectos secundarios de la nueva medicación, aunque su médico le había prometido que a la vuelta de vacaciones podría dejar de tomarlos y recuperaría la salud por completo.

—Gracias —dijo Mary después de apartar los labios de la pajita.

—Había pensado que este otoño podíamos ir a París. Allí nos conocimos y hace mucho tiempo que no vamos —dijo Charles mientras se tumbaba.

—París fue nuestro comienzo, pero creo que volví a nacer en Antalya. El deseo de vivir me había hecho olvidar las cosas más importantes de la vida. Parece una paradoja, en ocasiones cuanto más nos aferramos a las cosas menos sentimos, como si el deseo nos convirtiera en prisioneros de la verdadera felicidad.

—No te entiendo.

—Lo único que necesitamos para ser felices es aceptar quienes somos. Mi hermano Scott me lo dijo hace poco, siempre he luchado contra lo que soy, pero nunca me he parado a pensar que eso es precisamente lo que me hace feliz. Soy una Smith, una niña rica, una madre y tu esposa. Ahora estoy segura de que no quiero ser otra cosa —dijo Mary mientras besaba a Charles.

DESAPARECIDA

Él miró a su mujer. Parecía más joven que un año antes, los ojos le brillaban y lucía una sonrisa perenne en su bello rostro. Charles extendió la mano y apretó la de Mary hasta que Michelle se interpuso entre ambos y los miró, sonriente.

Aquella playa era inmensa. No habían tomado vacaciones desde el año anterior y ahora sabían que habían acertado. Los Roberts se tumbaron de nuevo en las hamacas y dejaron que el calor los invadiera, como una familia más en medio de la multitud. Ya no necesitaban aislarse del mundo para creerse especiales, se tenían unos a otros y eso ya les hacía sentirse únicos.

AGRADECIMIENTOS

Gracias a Eli por hacerme sentir único.

Un generoso agradecimiento a Paola Luzio, que insistió en que escribiera este libro.

Un afectuoso agradecimiento a Rex Czuba, que ama los libros casi tanto como las hamburguesas de Burger King.

Gracias a los millones de padres y madres que cuidan, protegen y aman a sus hijos, estáis haciendo un buen trabajo.

ÍNDICE

RESEÑAS DE PRENSA

«Escobar ha dado con una de las claves de este mercado editorial online».

ABC Cultural, Laura Revuelta.

«Mario Escobar domina una clave que ha conquistado a esa gran masa de lectores que determina la lista de libros más vendidos, y que han adoptado autores como Carlos Ruiz Zafón, Ildefonso Falcones, Matilde Asensi, Javier Sierra y Julia Navarro: ese cóctel de religión, historia e intriga que se ha convertido en la gran arca literaria de lo que va de milenio».

Con ojo de lector, Nueva Jersey, Carlos Espinosa

«Mario Escobar viene a sumarse a la revitalización de los suspenses… por parte de firmas anglosajonas como las de Alan Furst, John Lawton o Robert Wilson».

Qué Leer